陳千路——著

我與幽靈老頭的偵探遊戲

目錄

第一章

宿舍內一串腳步聲由遠而近，接著是有人站在門口的聲音，那人習慣性地掏口袋抓出鑰匙，開門鎖，沒聽到咔的聲音就直接轉開門。

趙予豪因爲門口的動靜轉頭和那人對視一眼，耳朵上還掛著一個黑色的耳機，兩人有默契地抬個下巴算是打過招呼。

那人好像說了什麼，但趙予豪戴著耳機沒聽見便不打算搭理。他手上抓著根竹籤正在吃鹹酥雞配啤酒，面前還播著他最喜歡的三國，美好又舒服的夜晚。

「欸幹，老趙，我在跟你講話你是有沒有聽到啦？！」

看得正開心，趙予豪的一邊耳機被拉開，耳邊灌進某個人極度不爽的吼叫，他才終於把黏在螢幕上的視線轉過來面對他的好室友——何文鴻。

「腦子有洞嗎？幹嘛扯我耳機！很貴的耶！」趙予豪硬把自己的耳機從何文鴻手中扯回來，掛在脖子上掛好，這才反問他，「怎樣？」

「我失戀啦！剛剛出去幫她過生日，結果她突然跟我提分手，幹！」

何文鴻每個週末都一定會回家，這個禮拜難得沒回去，說要留在學校給女朋友一個驚

喜。趙予豪回想了一下，最後得到一個結論：大概是驚喜不成反驚嚇了。

「分手？爲什麼？她愛上別人了嗎？」

別人聽趙予豪這麼說可能沒什麼感覺，但何文鴻跟他當了兩年的室友，很清楚他這個鳥室友的鬼德行。肯定是在影射戴愛玲那首「空港」的MV。

「愛你媽，你這個無腦三國粉兼蠢句段子控。我要出去看夜景散個心，是兄弟就跟一波？」

「中二，誰跟你兄弟。」趙予豪翻個白眼，三國跟兄弟之間當然無條件選三國啊。說完他就要戴上自己的耳機，何文鴻不讓，硬跟他扯。

看到耳機差點被扯壞，趙予豪氣得大罵了幾聲，何文鴻不服輸，兩人一拉一扯間趙予豪的耳機就差點分屍了。最後他被逼得無奈，終於在何文鴻的不耐囉嗦之下換好衣服，騎著何文鴻的小藍100出門。

假日的宿舍都是沒什麼人的狀態，只有零星幾個因爲打工或各種原因未歸家的人。何文鴻載著他，一路就往山上狂飆。

夜晚的風微涼，剛喝了一點酒的趙予豪毛孔全開，頓時感覺有點冷。

「騎慢一點啦，飆仔喔！」

「你不要湊過來，滿口蒜頭味就算了，酒味還很重耶！」何文鴻有潔癖，一向不喜歡味道重的東西，偏偏趙予豪喜歡，而且經常不甩何文鴻有潔癖這件事。

「靠么，你不是最喜歡蒜頭了嗎？我剛剛加很多耶。」不爽被嫌棄，趙予豪張嘴對著前面騎車的何文鴻亂哈氣一通，整台車頓時開始歪歪扭扭，兩人咒罵聲連連。

不一會兒終於接近山頂，最適合看夜景的地方。

平常這裡也是一片蕭條，遇到假日就更荒涼了。另一面的山道卻是和這裡完全不一樣的風景，人山人海，熱鬧滾滾，是看夜景的打卡聖地；原因無他，因爲那面沒有整片的墳墓，但這面有。

他們稱這條叫做「好兄弟路」，不時和他們一樣會騎這條路的，只有在這裡念了幾年書的「老人」。

趙予豪和何文鴻一向不信這些，又仗著自己是男生陽氣重，更加天不怕地不怕。一路上雖然吵吵鬧鬧，但真的經過好兄弟區的時候還是不講話的。學長曾說過，經過的時候最好保持禮貌別講話，不要吵到人家。

兩人站在山崖邊，底下一片星火閃耀十分美麗。這一區的夜景看的是市區萬家燈火的光景，另一邊的視野沒有這邊漂亮，所以他們寧願冒險一點騎來好兄弟路這邊，只爲了看見更漂亮的光景。

「說吧，爲什麼分手？如果不是什麼小三劈腿之類的八卦我可沒興趣。」趙予豪剛剛來的路上就已經推敲過幾個可能性了，就等著何文鴻跟他證實其中一個。

「去你的，沒這麼誇張啦！」何文鴻想了想，沉默一瞬，「她說……她把我的照片給她阿嬤看，結果她阿嬤說我看起來很短命，叫她跟我分手。」

趙予豪：……？

何文鴻等了老半天都沒等到趙予豪的回應，轉頭看他一眼，「怎樣？很傻眼齁？哈，我聽到的時候也跟你一樣的表情，超傻眼的。」

「然後你就答應跟她分手了？」

「不然勒？我要跟她說我考慮一下喔？」

「不該研究一下你們眞實的分手原因嗎？」

「她說原因就是這個啊！」何文鴻頓了一下笑道：「你不相信喔？正常啦，不過她眞的是很乖的一個女生，如果是她的話，就算跟我說是她祖先託夢叫她分手的，我都會信。」

趙予豪一臉不屑：「你白癡喔，蠢到家！這個世界上哪有這麼多祖先託夢的啦！人家說什麼就什麼，你眞的低能耶！」

「我已經夠衰小了，你還罵我，罵就算了還罵我兩次？！」何文鴻本來很不爽，但後來想想他的確是欠罵，最後妥協，「好吧，算了，今天我不跟你計較，你要罵就罵吧！罵醒我！」

趙予豪又再度沉默。

他見過何文鴻的女朋友幾次，外型是光鮮亮麗的，但其實不算好聊；平時都選擇默默地坐在何文鴻旁邊，幫忙倒水夾菜，稱職地當個笑臉娃娃。乖是眞的乖，何文鴻對她也是無微不至的好，完全把她當老婆來看，大家也都紛紛猜測他們畢業後就會結婚。

趙予豪沒特別想過要和她講話，所以對這個人也不清楚。他還是有幾個問題想問。

「不然我問你，最近這兩個月她難道沒有什麼奇怪的地方嗎？」

「奇怪的地方？」

「比如化妝的方式啊，拿的包款，還有臉部表情之類的？」

何文鴻搔搔自己的微捲短髮，表情像是想破了頭，「沒什麼印象耶……那怎麼了嗎？」

「之前不是有人說過嗎？人在變心的時候，手機擺放的方式也會改變。比如本來螢幕都無所謂朝上放，但如果有小三的話，放在桌上的螢幕都會蓋起來。」

何文鴻聽到這裡噗哧一聲，「幹嘛，你什麼時候會去看那種抓姦文了啊？有這個美國時間就快點交一個吧，還什麼偷情螢幕朝上勒！」

「偷情螢幕會朝下啦，低能。」趙予豪無言地翻個白眼。

接下來兩人又是一陣互相吐槽，何文鴻臉上的陰霾也散了一些。冷風吹夠了之後兩人準備要下山了，這裡下山有三條路：一條通往不同的城市，另一條則會通往市區比較熱鬧的那一邊，另一條就是通往他們學校的好兄弟路。

何文鴻想去市區買點鹹酥雞、啤酒回宿舍，兩人就往市區那條路前進。

這裡沒有好兄弟，趙予豪認為讓何文鴻遠離失戀的最好方式就是唱歌，剛好這條路沒人，於是他們倆就一路高歌下山往市區去了。

看夜景的人通常會從通往不同城市的那條路上山，他們學校的學生會走好兄弟路，反而最中間這條通往市區的路最少人騎，除非有他們學校的人跟他們一樣，突然想喝啤酒吃鹹酥雞，才會從這裡騎下來。

才剛騎沒多久，就感覺到一股涼風，冷得何文鴻一陣哆嗦。

「喂老趙，你有沒有覺得這條路今天很冷啊？」

此時的趙予豪已經縮著肩膀了，「我早就跟你說今天的山路很冷，是你都沒感覺，你這個死胖子。」

何文鴻罵了一聲髒話，「我是壯！你才胖，你全家都胖！」

趙予豪對這裡不太了解，只知道順著山路往下會到市區，這條山路上都住著一些果農或者種茶的人，更裡面似乎有一間不大的寺廟，其他沒印象。但應該是沒有鬼的，他覺得好兄弟路比較陰，就沒把何文鴻的話放在心上。

下山的路途中有一些小小的岔路，今晚沒有月亮，路燈又暗，兩人一路騎著，感覺面前的路起霧模糊了起來，然而開始感覺到詭異的同時，霧又散了。

他們繼續往山下騎，卻覺得這條路不太熟悉，一個拐彎，迎面而來一台開著遠燈的藍色小發財車，何文鴻一瞬間視線被閃到花白，緊急煞車還是擦到了對方的車身！

坐在後座的趙予豪直接飛起來被甩到對面的雜草堆，而何文鴻則是滑行數公尺後連車帶人摔倒在地。

小發財車撞到人卻連停都沒有停，經過他們後逕自遠去。

何文鴻醒來的時候天還是黑的，不知道過了多久，四周一點聲音也沒有。他渾身嚴重擦傷，勉強撐起身體查看四周，機車摔在前面不遠處，但是整條路上卻看不見趙予豪的身影。

「……趙予豪、趙予豪……」他有點急，渾身又痛，讓他眼眶泛紅。「趙予豪你摔去哪了？趙予豪！」

他用盡全身力氣吼了一聲，還是沒有半點回應。

何文鴻努力逼自己靜下心來，慌亂地抓起自己身上的手機，無奈身在山中一點信號也沒有。他開始無法鎮定了，腳感覺有點奇怪，硬要爬起來居然做不到，挪動時的劇痛讓他愣是待在原地不敢動。

「有沒有人啊！這裡有車禍！有沒有人？這裡出車禍了！」他腦子逐漸清楚，聲音也越來越大。

回音在深山中迴盪著，何文鴻也不知道能不能被誰聽到，只能無助地喊，希望有路過的好心人聽到他的聲音，過來幫幫忙。

「有沒有人救救我們？這裡有人出車禍了！」何文鴻用盡全身力氣大喊了一聲，周圍的樹木一動，風也呼呼吹起來，但就是沒有任何活物的聲音。

他喊得累了，聲音也越來越小，忽然聽到一陣汽車轟隆隆的聲音，疑似越過泥坎正朝著他的方向過來，他雙眼瞪大看著那逐漸閃現的車燈喊著：「這裡！我們在這裡！救救我們！」

可惜他不能站起來，不然應該會開心地跳起來狂揮手。

來人有兩個，眞的是聽到他的聲音後彎進來的。

這大晚上的，其實他們也不確定眞的是人在喊還是——一些不好說的東西。但住在附近的人膽子大，就眞的讓他們救了趙予豪和何文鴻兩個苦命的碩士生。

因爲何文鴻喊腳痛，先靠近的那人判斷他大概是腿斷了，也不敢去動他，只能讓另一個人開車下山去叫救護車，然後再去幫何文鴻找趙予豪。

依照摔出去的方向來看，趙予豪應該是飛到草叢裡了。果然那人才剛踏進草叢，就看見一張被草堆埋起來的臉。

才正要把人拉起，結果又不小心看到趙予豪身後的墓碑。

那人嚇得跪下去，「多有得罪，多有得罪。不好意思打擾了，這孩子是因為車禍不小心撞上來的，不是故意的啊！請您大人有大量，不要跟孩子計較，阿彌陀佛阿彌陀佛。」

何文鴻看見那人對著草堆跪拜，心裡不免有些疙瘩，他大概知道趙予豪掉到哪裡去了。

好不容易等到救護車來了，大晚上的，在山裡聽見救護車的聲音居然格外有安全感，打頭陣的就是那個下山幫忙的大哥，幾個人手忙腳亂地幫忙把何文鴻固定好，接著又把趙予豪從草叢裡抬出來一起送到醫院去，這才結束了這晚的意外。

三天後——C大附設醫院。

何文鴻有些著急，他的右腿裹著石膏，臉上滿是鬍渣，雙眼充滿血絲直盯著趙予豪安靜的側臉看。他這個有點白目的室友本來在寢室裡吃鹹酥雞喝酒好不快活，就因為他該死的失戀被拖到山上去，現在躺在這裡。

他很自責。

趙予豪的父母在他昏迷的當天就趕過來了，臉色出奇的平靜。他對他們下跪道歉，說他眞的不是故意的，他沒有喝酒，自己也是被撞，已經去派出所報案了，所以那個司機跑不掉。

還說了什麼他已經忘記了，只記得趙父拍拍他的肩膀說沒事，趙母則有些無神的坐在床邊揉著趙予豪的手。趙父堅定地告訴何文鴻趙予豪會醒來的，讓他不要哭了。

後來他的父母也來了，倒是沒說什麼，只是帶了許多賠禮送給趙予豪的父母，兩家人有一句沒一句的寒暄，何文鴻還被自己媽媽拖到旁邊去揍了一頓。

今天第三天了，醫生說正常情況下應該已經可以醒過來，讓他們再等等，給病人一點恢復的時間。

他等了，只是每隔六個小時，一點小動靜他就要去吵醫生，比趙予豪的親生父母還要煩人。

警察今天來了，何文鴻出去外面和警察核對當天撞他們的小發財車時，趙予豪的左手食指忽然動了一下。

趙母抿著唇，還在傷心地想著如果都醒不過來怎麼辦？就看見趙予豪很緩慢很緩慢地張開了眼睛，趙母的臉色肉眼可見地亮起來，起身喊著自己丈夫。

趙予豪的嘴唇有些乾涸，看清面前的父母後輕輕皺眉。

他總感覺自己另一隻手好像被壓著，將視線轉到另一邊，卻看見有個穿著奇怪衣服的老阿公坐在他床邊，一臉笑容地看著他。他看著看著。眉頭皺得又更深了。

什麼鬼？

這是他心裡的第一個念頭，只見老頭聞言挑挑眉回應道，「不錯啊，一眼知道本老頭是鬼，你還是第一個這麼快認出來的！」

趙予豪心中大駭，虛弱地對著老人方向大叫：「什麼鬼？你唬爛的吧！」

趙父趙母本來還很開心兒子醒來，結果沒想到他一醒來，第一時間居然是對著空氣講話？

這孩子不會是瘋了吧！趙母心裡逐漸重回恐慌。

「予豪啊，爸爸媽媽在這邊。」趙母眼眶有些泛紅。

趙父比較鐵齒，他有些不悅地瞪著自己兒子：「你對著空氣喊什麼喊？」

「你們都沒……」趙予豪的食指才剛要奮力舉起來，結果旁邊就傳來一道涼涼的聲音：「老頭我勸你現在最好不要問喔。」

趙予豪的視線又再度看向老人，老人不慌不忙的說：「不然你就要換醫院了。精神病院。」

趙予豪瞬間皺起眉頭。老人又繼續說：「沒開玩笑喔，你媽真的這樣想。」

他轉頭看向自己母親，她正一臉擔憂地抓緊趙父的手，臉上的表情就是在告訴他，如果他現在「亂講話」，真的會被他媽反手送進精神病院。

他稍微冷靜，正想說沒事，只是自己看錯的時候，何文鴻拄著拐杖一拐一拐地推門進來。看見趙予豪醒來的當下，把方才員警給他的資料都丟到地上，奮力拐動自己傷瘸的腿來到趙予豪面前，俯身抱住他哭道：「兄弟！兄弟，你終於醒來了啊兄弟，你快嚇死我了！」

何文鴻這麼熱情的擁抱也殺得趙予豪措手不及，老人涼涼的聲音再度傳來，「真是感人肺腑的友情啊。」

趙予豪不知道這老頭怎麼回事，語氣感覺很欠揍，但他可不是那種沒禮貌的人，沒辦法對第一次見面認識的人發脾氣，索性就當作沒聽到沒看到了。

「你腿斷了？」趙予豪的視線落在何文鴻的腿上，何文鴻晃晃自己的傷腿，「輕微骨折而已，打兩個月的石膏就可以拆了。」

何文鴻的父母從外面買好東西進來，看見散在地上的紙，何母便彎腰一張張地撿起。

「這些紙是誰丟在地上的啊？廢紙嗎？」

整個病房瞬間熱鬧起來。

何文鴻轉頭從他媽手上接過剛撿起來的紙張，衝著趙予豪揮了兩下：「就是這個王八蛋，他撞了我們之後就跑了，肇事逃逸，這兩大警察一直在抓他，結果他今天主動報案了！」

說到這裡何文鴻停頓了一下，「不過投的不是撞我們的這個案子，是一件命案。」

趙予豪：？？？

聽到這裡兩家的父母都皺起眉頭，何母率先反應過來，「什麼死人啊？他還有撞死別人嗎？」

何文鴻搖搖頭，「說是因為在撞到我們之前，他在更前面的樹林裡發現一個死掉的尼姑，所以他才會很慌張地開走，連中途不小心撞到我們都不知道。」

趙予豪翻個白眼，「這不是理由好不好？再怎樣慌張也不至於撞到人都不知道啊，還是那人是他殺的？」

他才短短揣測了幾句，趙母聽到殺人兩個字立刻就受不了，不管趙予豪是不是才剛醒來，一巴掌從他背後拍下去，「趙予豪，不准你亂說話！」

熱鬧氣氛陡然下滑。趙予豪愣了一下，隨即又揚起一抹笑，「好啦媽，妳不要生氣，會長皺紋喔。」

何文鴻的媽媽又接著問：「那是意外嗎？」

「不是意外。」何文鴻垂下頭解釋道：「那個警察跟我說尼姑身上有很多被鈍器砸出來的傷口，手腳關節處都有傷口，是被刀捅死的。」

隨著何文鴻的解釋，氣氛又一次跌落谷底。

「唉呦，不要講了不要講了，我整個人都毛起來了！」何母不斷碎碎念說著，「怎麼這麼剛好你們也在那裡出車禍啊，晚一點我去買兩碗豬腳麵線回來，你們兩個看要不要一人吃一碗，過個運。」

何母這麼說完氣氛又慢慢活絡起來，話題又再度回到趙予豪身上。好險昏迷了三天的他看起來沒什麼大問題，讓兩家人都鬆了口氣。

一夥人又講了一些家常，當晚眞的買了兩碗豬腳麵線回來過運，又待了一晚，隔天就以要回去上班爲由都離開了。

病房裡剩下趙予豪和何文鴻後，兩人又重新說起那場命案。

何文鴻忍不住抱怨，剛才感覺警察邊說一邊在觀察他的表情，而且說明天還會再來跟趙予豪談一次。

果不其然，隔天警察來了，拿的還是何文鴻也有的那一份報告，並且讓何文鴻在自己病房待好，他只要單獨向趙予豪問話。

趙予豪看著坐在自己病房內的警察，心裡不由得緊張。

「撞你們的那個司機長什麼樣了你還記得嗎？」

趙予豪搖搖頭，「不記得了，我只記得那天被遠燈照到，什麼都看不清楚。」

「你們當時也在事發現場，現在被列爲關係人，所以希望可以配合我回答幾個問題。」

趙予豪聞言只是很冷靜的反問：「即使我們那天只是騎錯路，什麼都不知道嗎？」

「對。」警察看著手裡的表格選選畫畫以後說：「流程是這樣，你們就當陪我們走個流程，確定沒什麼事之後，警察這邊就會幫你們簽結。」

「現在兇手找到了嗎？」趙予豪問。

「還沒，所以才需要把當天會在那附近出現的人集中調查。」警察解釋：「被害人被發現的時候已經死亡四個小時，山中的溫度不高，但蟲很多，屍體已經被周圍的昆蟲啃食過。你們現場除了見到那個司機，還有其他可疑的人嗎？」

趙予豪搖頭。

「那你們爲什麼會出現在那個區域？」

「迷路。」

「你們原本打算從那條路去哪裡？」

「去C市市區。」

「那不該走那條路啊。」警察忽然從他的表格裡抬起頭，趙予豪瞬間感覺到不舒服。

「所以我說了我們迷路。」

接下來警察又問了幾個問題，開始說那個尼姑死狀有多悽慘。身體被砸了好幾處，頭部有三處瘀青，疑似是被人毆打或者摔下去的時候撞到的，最後身中兩刀臟器破裂，失血過多而亡。

警察說這些被害者外觀的時候全程都盯著趙予豪的臉，趙予豪只是皺著眉頭，不知道該跟警察講什麼。但好險警察觀察完他的臉部表情以後，又在表格上塗塗畫畫就起身，說不打擾他休息後離開了。

何文鴻在警察走後很快地跑來找趙予豪，兩個人都覺得警察的態度很機車。他們兩個明明被那個小發財司機撞飛，也出了意外，但因爲接在命案後面，車禍就被當作沒發生，警察只調查命案的事，不管他們死活。

雖然很生氣，但想想後，趙予豪又覺得很正常。

畢竟尼姑看起來是被毆打刺殺致死的，他跟何文鴻剛好兩個人，又剛好半夜出現在現場，雖然被車撞了，但怎麼看也脫離不了太多關係。

雖然真的跟他們什麼鳥關係都沒有。

他們從警察離開以後就一直討論著那個案子，直到晚上睡覺的時候何文鴻才回到他自己的病房。

趙予豪感覺了一下自己的身體，除了脖子被戴上一個頸套，睡覺有些不舒服外，其他已經沒什麼大礙。

「喂，小子啊。」

正當他躺好準備要入睡時，旁邊突然又傳來老人的聲音，趙予豪立刻重新睜開眼睛。

距離第一次看見老人已經是整整過了一天，他剛醒來的時候，但他那時和家人稍微講了兩句話，老人就消失了。家人走後，趙予豪雖然好奇老頭是啥？又消失到哪裡去……？但隨著後面發生太多事，他也沒多想。沒想到這個深夜老人又再度出現在這個病房，還是坐在原來的位置。

趙予豪有些害怕，「老頭，你到底是哪裡來的啊？之前也住在這個病房嗎？」

他實在不懂爲什麼老人會在這裡，今天一整天，他爲了驗證自己是不是眞的能見鬼，除了上廁所外，還特地下樓去便利商店買點東西四處觀察，結果都一樣，只看到一堆人，沒半個鬼。

那眼前這個老人家又是怎麼回事？

「非也，老頭我是跟著你過來的。」老人面帶微笑，表情溫和，實際上看起來只是有點朦朧，不然和眞人幾乎無異。

「……從哪裡跟著我過來的？」

「你飛出去那裡。」說完他點點趙予豪的額頭。

趙予豪眨眨眼睛，好像莫名其妙就知道老人在說哪裡。腦海中浮現出一條山間小路，整個畫面都有些朦朧不清，那感覺是他在後座看到的景象。摩托車開著頭燈，照到一台疾駛而來的小發財車，他好像還看到坐在小發財車裡的駕駛有些恍惚，發現他們的時候眉頭緊鎖，眼睛一閉就加速踩油門，幾乎是故意撞上來——看到這個不屬於他記憶中的畫面，趙予豪愣了一下，又重新看向老人。

「老頭，剛剛是什麼？」

「你的記憶。」

「我不記得我有看到那個人啊！」

「你的潛意識，你不記得也正常。」

老人講得有條有理，趙予豪半信半疑。

「所以你本來也在我摔進去的那個草叢裡嗎？」

老人不置可否的哼哼，「你別小看那草叢，那可是老子的家。」

趙予豪：……？

本來還想提出質疑，後來想想，也許老人就是因為沒人祭拜，墓碑長了一堆草，他才會以為那只是普通的草叢。

他們相對無言，老人繼續說：「勉強說起來，老子我還救了你，雖然代價就是我家被你砸了個洞。既然你把我家弄壞了，你就要答應我兩件事，否則我不會放過你。」

趙予豪突然感覺周身一陣惡寒。

「……老頭，你講就講，不要威脅好不好？我有說不幫你嗎？」他莫名感覺周遭的空氣冷了起來。

「什麼幫？這叫還！」老人吹鬍子瞪眼睛。

「好好好，還，那你要我怎麼還你？」

老人聽到他答應，點點頭表示滿意，接著清了清喉嚨道，「第一件事，找個時間去把我那墓前的草除了！」

趙予豪點點頭，「簡單，我答應你！」

「第二件事……」老人講到這露出一絲詭異笑容，「你要滿足我一個小小的願望。」

趙予豪突然有種不好的預感，「什麼願望？先說好啊，太難的我做不到，做不到可不是不幫你，你不准生氣。」

「不難不難，你不是碩班要畢業了嗎？這幾個月也沒事做吧？」

趙予豪聽到老人試探性的問法，有些不耐，「快點說好嗎？」

「年輕人一點也沉不住氣，這樣可怎麼娶老婆啊？」老人挖挖自己耳朵。

「要你管，你快點說就對了！」

老人忽然盤起腿望著天花板，一副憶從前的模樣說道：「老頭子我有個到死都沒有完成的夢想，那個夢想呢，就是跟我那個年代最厲害的警務探員——史文之一樣，到處去偵辦別人查不出來的案子。」

史文之？警務探員？警探？

「你的夢想是當警探？」

老人神氣的鼻孔哼氣，「正確說來是警探的助手。我還活著的時候，手邊有本手札，就是用來作各種筆記用的，裡頭滿滿都是史文之的新聞！嘖嘖，你們這年代的小孩根本什麼都不懂，內心一點敬畏也沒有。」

趙予豪挑起眉毛，「那簡單啊，我可以上網幫你多找一點那個史文之的案子，重做一本燒給你怎麼樣？」

老人忽然爆起怒道：「那些過去的案子，老頭我都死了還要看個屁，我要辦案！」

「……蛤？所以你是想玩偵探遊戲？」

聽到趙予豪這麼說，老人沉默了一下，故作高深的摸摸自己鬍子，「遊戲？也可這麼說，對現在的我來說，那不就是遊戲嗎？」

人心對現在的他來說根本透明得像紙，可不是遊戲嗎。

趙予豪稍微整理了一下從剛才到現在和老人的對話：「所以你的第二個願望是想我陪你一起找個案子破了，你就滿足放過我了對吧？」

「嗯，理論上來說是這樣沒錯。」老人一臉囂張地抬起臉，用鼻孔看他。

「幫你不是什麼問題，問題是我連你是誰都不知道，我該怎麼相信你？而且你又是鬼，萬一到時我碰到啥冤魂索命之類的怎麼辦？」趙予豪認眞地坐直身體問。

「我是有心願要請你幫忙完成的，有求於你，自然不會隨意加害你。不過，要是你不守約定……嘿嘿嘿，老夫可就不敢保證啦。」說完還折了折自己的指關節，裝出凶狠的樣子。

因爲一股直覺，趙予豪覺得老人並不是什麼壞人，看起來也很福態，裝狠都裝不來，看起來更像在和他玩。甚至有一種……多年老友的感覺？

想到這，趙予豪感覺自己瘋了，他怎麼可能跟這麼老的人是什麼多年老友？

「萬事都講一個緣字，你怎麼知道自己不可能和我有緣呢？」

看來老人已經把他的心聲都聽了個遍了。

「好吧，那你要我怎麼配合你玩這個遊戲？」

聽到趙予豪這麼說，老人的眼角眉梢都透出欣喜，「你答應啦？」

「……看你怎麼回答吧？」趙予豪問。

「首先，我們要一起去偵破導致你車禍的這場案子！」

「我的車禍？要查我車禍的主因嗎？」

「那有什麼好玩的啊？當然不是查車禍本身，是查那個被人殺害的尼姑，是誰殺的。」

趙予豪目瞪口呆……。

「老頭，你開玩笑吧？我一點經驗也沒有耶。」終於找回自己的聲音後，趙予豪說。

「而且你想查的話，自己跟著警察不是更快嗎？」

「非也，老頭我就要你跟我一起查，怎麼，不服氣啊？不服氣我就每天晚上扮鬼嚇你！」

幼稚！

「你本來就是鬼了。」

「廢話少說，要不要給一句話就行，這麼多囉哩叭嗦的，到底是不是個男人？臭小子！」老人不耐煩地一抬腳，作勢要把趙予豪踹飛。

「這很難好不好？我眞的沒有半點經驗耶，你確定沒找錯人？」

「沒找錯，就是你。而且不難，有我帶著你，一點都不難！」老人接著解釋：「傳說史文之可以屢破奇案，就是因爲他身邊有像我這樣的助手在幫他。你身邊有我，那還有什麼難的？」

「哪有這麼簡單？」

「我一步一步的引導你，你就當作是在做考古作業不就得了？」

趙予豪一愣，老頭居然連他是考古系的都知道。

「最好是這樣。」他心裡亂七八糟的想法一堆，所以又冷靜地想了幾分鐘，老人始終都一副和善的樣子等著趙予豪的答案。於是他抬頭問了最後一個問題，「這是你說的第二個願望吧？陪你破了這個案子，滿足這個心願你就走，不再糾纏我嗎？」

「當然當然，這個你放心吧！老頭我說一就是一。」

接著在趙予豪看不到的另一面，老人皺皺鬼臉，吐了吐舌。

才怪。

幾天以後趙予豪和何文鴻一起出院了，但由於兩人都是碩班生，口試上個月已經通過，現在根本就不需要到校。趙予豪本來還有打工，而何文鴻則沒事可做，所以兩人還留在宿舍。

現在這場車禍一來，何文鴻出院後收拾行李，幾天後就要搬回家了；而趙予豪呢？則因爲老頭的關係還沒辦法回去。

趁著何文鴻還沒回去，趙予豪把他拖出來一起去給老頭掃墓。當然是手腳顯然沒問題的趙予豪弄，何文鴻只負責陪，還有把趙予豪割下來的草塞到垃圾袋裡。

當看到草叢裡的墓碑露出來的時候，何文鴻的腳底都涼了。

他忍不住罵髒話，「幹趙予豪……你那三天該不會就是因爲這個……所以醒不過來吧？」

趙予豪一臉他在說什麼傻話的樣子回頭看他，「你哪裡來的想法？」

大中午的，氣溫回升，兩人都熱到滿臉汗，趙予豪手上拿著一把小刀，另一手拿著剛剛買的鐮刀，除草除到差點熱暈，根本沒時間想這些。

「因爲你剛好摔在這裡啊……」他本來還想說什麼，但怕被這個墓碑的主人報復什麼的，後面就什麼也不敢講了。

「不是吧？」趙予豪轉頭看了老頭一眼，老頭輕輕地搖搖頭，表示那與他無關。

「那不是我弄的，但你的確是我從『別人』手中搶過來的，所以要你報答我。」老頭一臉得意地說。

「別人是誰？」趙予豪下意識地問出口，何文鴻一臉問號：「什麼別人？……幹，老趙，你不要在這種地方自問自答好不好？很恐怖耶！」

「喔，沒有啦，我可能聽錯了。」

「……你聽到什麼了啦？」何文鴻一臉快哭出來的樣子，趙予豪哈哈大笑，「開玩笑的啦，看把你嚇的！」

來之前他也跟何文鴻一樣很忐忑，就怕到了現場看見「人山人海」他會被嚇到脫肛。但眞的到了這裡以後，更加確定自己只能看見老頭一個阿飄了，趙予豪整個心情都輕鬆起來。

「小子啊，以後記得，在心裡想想我就可以聽到，別再出聲音嚇你這可憐的小夥伴了，他快被你嚇死了。」老人帶著憐憫的眼神看著何文鴻，那傢伙現在已經快要抱到樹幹上去了。

趙予豪臉上露出一抹嘲笑，但不好眞的出聲笑何文鴻，就怕何文鴻眞的騎上摩托車跑走，不管他了。

兩人就這樣慢慢地清理老人墳上的雜草，本來趙予豪還想好好的看看老人名字，但墓碑上的字已經完全不清楚了，上面還黏著許多很難清理掉的土渣。

天色漸晚，在太陽快要下山的時候路旁忽然出現一台警車停在他們旁邊，搖下車窗看他們。

是那天到醫院來盤問他們的警察。

「你們兩個在這裡幹什麼？」警察問，又看了一眼已經被整理得差不多的墓碑。「掃墓啊？」

趙予豪有些疲備，何文鴻回答：「因爲我們那天車禍撞到這裡了，來賠罪。」

警察看著他們的表情有些懷疑，趙予豪接著說：「那老頭託夢跟我說我打擾到他了，沒人幫他掃，要我來幫他掃。」

何文鴻雖然聽到後很害怕，但表情還是故作鎮定。老人在一旁笑著點頭。

「這上面就是命案現場了，你們知道吧？」警察表情陰森地說：「沒事就快點回去，別在這裡逗留！」

「好的，謝謝你，警察先生。」何文鴻朝警察做了個敬禮的動作，警察又停頓了幾秒以後才離開。

何文鴻看到警察以後又想到那個命案，連帶看著前面的森林都有些害怕了。

「喂趙予豪，天要黑了，弄好我們就快點下山了吧！」何文鴻在一旁咕噥。

趙予豪沒有回答他，只是不動聲色地在心裡問老頭：「弄成這樣沒問題了吧？第一個心願pass？」

「可以，沒問題。」老人看著自己乾淨整潔的墓，笑得有些滿意。「這裡往下走五公里左右有一間還不錯的山產店，你們去那裡吃點東西吧。」

趙予豪疑惑的轉向老人，「為什麼要去山產店？」

「我的第二個心願還沒實現呢。」老人的聲音有些委屈。

「你一天就要我完成兩個？」

「才沒這麼容易完成好嗎？反正也是順便嘛！你們也是要吃飯的，那間山產還不錯，適合你們這兩個毛頭小子。」

趙予豪發現自己說不過老頭，好險這次是自己騎車，於是他載著何文鴻到了那間山產店。

才剛走進門口，就聽到裡面有人正在討論尼姑的案子。

老闆很快出來招呼他們，坐在另外一桌幾個黑黝黝的農民還在繼續說：「那女人也是可憐，我老婆跟她講過幾次話，是被家暴後申請保護令出來的。」

何文鴻本來還想問趙予豪爲什麼突然來這裡吃飯，聽到農民的交談後不由得安靜下來，也想偷聽一些八卦。

另一個人回應，「聽說身上好幾個洞，到底是誰這麼狠心啊？」

「她之前還在陸家幫忙洗碗，長得還滿漂亮的，就是看起來不太會洗，平常沒在做這些事情的樣子。後來不是還去你家幫忙過幾天嗎？」

被指到的那個人搖頭，「她不愛講話，我們家的人也跟她不熟，但是要她做什麼她都肯做，滿肯吃苦的！是後來詹家老二來我家拿農藥，聊著聊著說家裡缺工人，所以我就把她介紹過去。唉，沒想到啊。」

「詹家不是已經有老徐了嗎？怎麼還缺工人，他們家平常又沒有什麼大訂單。」

「聽說他們家老大去山下找到一個不錯的中盤要收，急著找人包，所以缺工人。」

大夥聽完連連點頭，趙予豪把點單拿給老闆。老闆就站在那桌旁，邊等趙予豪畫單邊聽八卦。

那夥人其實已經吃飽了，等到老闆開始做趙予豪他們點的菜時，幾個人也已經酒足飯飽，便各自散會回家。

何文鴻在他們走遠以後才偷偷摸摸地問趙予豪：「我們是不是聽到那個尼姑的八卦了？」

趙予豪只是給他一根食指，要他先不要講話。

「老頭，這就是你叫我們來這裡吃飯的原因嗎？」

「正是。欲知天下事，到飯館就對了！人們酒足飯飽，無聊就喜歡說八卦！」老人樂呵呵地摸摸自己的鬍子。

回到宿舍裡，何文鴻坐回自己位置拿起耳機聽歌，趙予豪則開著三國，腦子裡一直不停跟老頭對話。

「所以我們現在知道一些關於那個尼姑的事了。第一個是，她是個結過婚而且被家暴的人；第二個是，她爲人沉默寡言，在當地交友不太廣泛；第三個是她缺錢，所以需要到處打零工。」

「小子，有點眉目啊。」

「是你說想要玩偵探遊戲的，要玩不就是該這樣玩嗎？」

開玩笑，金田一和柯南他看得還少了嗎？

「很好，那下一步你知道要幹什麼嗎？」

「去多找點證據吧？」

「那證據應該要去哪裡找？」

「去……她生活過的地方？」趙予豪自己講完又很想搧自己嘴巴，講這麼快幹什麼？萬一去那裡看到尼姑呢！他不得被嚇死！

「怕什麼？你不還有老頭我嗎？」老頭對他的聰慧感到很滿意，笑容沒停過。

於是隔天中午，趙予豪把何文鴻扔在宿舍裡，自己就騎著摩托車來到事發的森林。

其實說到底，趙予豪還是很害怕的，只是既然已經答應了老頭；自己好像也對這件事情有點興趣，還是硬著頭皮上了。

他把摩托車停在路邊，自己跟著老頭緩步走上那條泥巴路。

這是一座有些安靜的小山丘，另外一條路往上可以通向更大的山，聽老頭說那裡有一個小村鎮，是一個滿有名的溫泉景點。但這條小路就幾乎是果農們的天下。這山上的地種的都是果樹，樹林茂密，優點是很寧靜，缺點也是很寧靜。

活人太少了，一個女人住在這有點危險。

但那個女人如果真的是被家暴出來，她想躲起來不被人找到的話，這裡大概會是很好的地點。

老人全程都聽著趙予豪內心對這附近的評價與自問自答，不說一句話，只是四處看著。

「這座森林是個寶地，林子內有許多飛禽。」老人說。

「鳥嗎？那又怎樣？」

老人故作神祕的說：「什麼又怎樣？鳥可是很有靈性的動物，牠們的眼神銳利，可以準確抓住離牠幾百公尺遠的獵物，你行嗎？」

「我當然不行。」趙予豪笑笑。

「那不就對了？」接著老人又往前過了一個彎，「我們到了！」

警察是有圍封鎖線的，如果趙予豪想要走進去，那就必須要偷偷的。

現在是白天，命案的地點在一棟非常破舊的矮房門口。矮房已經有點年歲，趙予豪基本判斷房子至少有四五十年的歷史，也就是他平常回鄉下的時候看到的那種沒人住的破房子。別的不說，他在這屋子看起來像廚房的地方，還真的看到一個天然的「天井」。

此刻是中午，陽光從那座「井」裡打進去，有種說不出來的絢麗感。

「這廚房有點時尚啊。」

老人哼笑，「這是棟沒人住的破房子，也是那尼姑唯一的棲身之所了。」

地上有些比較深色的區域，一塊一塊的，不用老人說趙予豪就猜到那是什麼。那是血跡。那麼最大的那一塊，肯定就是當時尼姑倒臥之處。

趙予豪想完一陣雞皮疙瘩。

他沿著門口往屋內走，從門口開始就有零零星星滴落的血跡。

「是從門口開始打的嗎？」趙予豪問。

「從血跡研判，就是兇手的移動路徑。兇手在打人，不會費力拖著被害者離開，會拖著這樣的血跡到門口，大概是被害者想要逃出門口吧。」老人簡單的回答。

屋內的空間很小，往裡走一點就是起居室，裡面相當簡陋，只有一個衣櫃跟一張床，而那狹窄到幾乎不像客廳的地方此刻已被弄得亂七八糟。看起來是警方搜索現場的時候弄的，該拿的也都已經被警察拿走，剩下的都是一些不知所以然的紙，或者日曆、大型的家具，比如書桌跟椅子。

「她的生活也太簡單了。」趙予豪說。

「尼姑的生活是要多複雜？」老人反問。

「也是。」

「你覺得這屋子裡有什麼可疑的東西嗎？」老人問。

趙予豪搖搖頭，「沒有吧？眞有可疑的東西，應該也都被警察拿走了才對。」

老人不同意，「警察也是人，只要是人，難免有自己的判斷跟自以爲是。」

「那你覺得呢？」趙予豪看老人胸有成竹的樣子，反問道。

「跟我來吧。」老人帶著趙予豪來到衣櫃前。

衣櫃裡面有些摺好的衣物，上頭還掛著幾件灰白黑的襯衫，顯示尼姑平時的穿著打扮也都走簡樸路線。兩個抽屜也被警察拉開了，一個沒放東西，一個只放了一卷沒開封的新毛巾。

毛巾上面繡著囍字，底下還有兩隻交頸的鴛鴦。

「這什麼老古董的東西？」

「小子啊，老頭教你，有時候人都不要只看表面。你想想，尼姑她生活儉樸是因爲沒有錢，再看她生前晾曬在旁邊的毛巾都已經破舊不堪，如果有一捲新的毛巾可以使用，爲什麼她還要使用那些破舊的呢？」

「她不喜歡這個毛巾？」

老人點點頭又搖頭，「我們先來做一些假設：有個人來到她家，發現她用的毛巾都已經很破舊了，於是作主送了新毛巾給她，但是她不喜歡那個人，所以毛巾一直都沒有使用，有沒有這個可能？」

趙予豪點點頭，「是有這個可能，但是這也只是其中一種可能，也可能是她生性簡約或有什麼理由不捨得用，況且這有什麼重要的嗎？」

「重不重要就要看知道這件事的人是誰了。先幫這毛巾拍張漂亮的沙龍照吧，或許我們有一天用得到它。」

趙予豪對老人的話半信半疑，但還是乖乖拍了照片。

接著兩人走到屋外。

小屋旁有個簡易的古早廁所，感覺排水設施不良，既積水又臭。屋外倒是有條突兀的新電線。那條新電線連著一顆小燈泡，被拉到廁所裡。

趙予豪想著又回到屋內，試著打開電燈開關，發現屋子裡的燈管也是新的。

「小子啊，觀察力不錯，這些都是那個詹家長男幫她做的。包內又包外，還每天早起送早餐，讓人家一個修行人感到很困擾。」

「他在追求她？」

「生物本能，可不就是追求嗎？」老頭哈哈一笑，率先走在前面出去了。

看完了案發現場，老人又說要到附近亂晃。於是趙予豪就騎上摩托車，開始在這條小路上逛起來。

附近只有幾間鐵捲門拉下的屋子，裡面看起來也沒有燈光，尼姑選擇獨自住在這裡真的是很危險的一件事。

他們往山上騎，忽然看到路邊一塊不顯眼的招牌寫著「詹家果園」，想到那天在山產店聽到的八卦，趙予豪問後面的老人：「這個詹家果園不會就是尼姑打工的那間吧？」

老人看一眼回：「就是。」

距離尼姑的住所不遠，但應該也有一段距離，走路三十分鐘的腳程。

「那要過去看一下嗎？」

「不用，還不是時候。」老人忽然說，「回去案發現場吧，還有一件更重要的事情要做。」

「要幹嘛？」

「抓鳥。」

趙予豪：？？？

「抓一種只會在夜晚出現的鳥。」

「抓鳥要幹嘛啦，而且我不會抓鳥啊！」

「你去就對了，我會教你怎麼抓。」

趙予豪：……。

「老頭，你跟我開玩笑吧？」

「那種鳥很好抓的，看到之後拿手電筒照著牠，牠就不會動了。這時候拿石頭丟牠就會自己掉下來。」老人這麼說。

白天和晚上的森林根本是兩個概念，一想到他們剛剛在外面晃了這麼久，都快傍晚了老頭還要叫他進森林，趙予豪就有些抗拒，頓時一臉困難，內心掙扎。

畢竟當初老頭說要玩什麼偵探遊戲的時候，他還以爲眞的是「玩」，沒想到人家不是玩遊戲，是玩他啊！

現在後悔也來不及，只能應老人的要求在夜晚重新回到案發現場，抓鳥。

他們走了很久才回到那間漆黑的小屋子，這裡根本沒有路燈，陰暗的小路讓趙予豪眞的想罵一聲，見鬼的抓鳥，他現在根本連看路都快沒把握了。

「老頭，你不會眞身是那什麼抓交替的吧？……騙我說要辦案，其實是想要把我滅口吧？」還特別把他約到森林，是想嚇死誰啊？

趙予豪說得輕鬆，老人當場就炸了，「要滅口我救你幹啥？書讀這麼高，腦子都裝屎了？」

趙予豪因爲老人激動的情緒不怒反笑。老人罵人的時候都會自帶一種古人的風韻，聽他罵人非常好玩，他每次都會笑。

「那我們爲什麼晚上才要去？」

「因爲那種鳥只有晚上才會出來。」

趙予豪對老人的話半信半疑，但兩人找半天都看不到半隻鳥的影子，於是他時不時就會跟老人鬥嘴一番：一下子說老人不可靠；一下子又說老人是不是故意要讓他在樹林裡迷路。老人一開始不想理他，任由他自己碎碎念。最後終於聽不下去使出大絕，表示如果趙予豪再吵，他就立刻消失！

趙予豪立刻就安靜得像隻貓，不敢吭聲。

接近被害人生前的住處，看到那熟悉的黃色封鎖線，趙予豪害怕得沿著尾椎輕顫起來，而老人一臉輕鬆地開口：「安心吧，這裡除了我們連個鬼也沒有，你如果眞的很怕的話，可以把手電筒打開了。」

雖然趙予豪心裡也有點毛毛的，不過還是聽話地把手電筒打開，開始對著森林裡的樹一棵棵照過去。照到屋子時，白天看起來沒什麼的血斑，此刻看起來大大的恐怖。

「幹，老頭，我是不是應該把手電筒關掉？」

「有什麼關係？我就跟你說這裡什麼都沒有了，你不用害怕，有事我會馬上讓你關掉的。」

老頭不這樣說還好，一這樣說更可怕了。

「咕嗚——咕嗚——咕嗚——」

忽然在這森林的不知道哪個方向，傳來這樣奇怪的叫聲，趙予豪的神色一擰，老人倒是笑起來，「聽到沒有？那隻鳥也在叫我們快點過去抓牠。」

「最好是……」趙予豪懶得跟老人胡言亂語，只能認命地朝著聲音的可能方向用手電筒掃過去。

他忽然感覺到點什麼，往那個方向一看，手電筒反射的光源照到了兩個黃色的光點，他的手腳瞬間冰涼，像是被什麼可怕的東西盯上了一樣。

那是什麼東西？還站在那麼高的樹上！

「就是那個！用手電筒照牠！」老人忽然出聲說。

趙予豪聽話的拿手電筒照過去，無奈手機的手電筒光源微弱，他只能努力朝那個方向靠得更近。那隻鳥也正望著他們，一看到手電筒的光源就不動了，居然讓趙予豪就這樣慢慢走到牠面前。

他看著樹上那隻明顯有些傻的傻鳥說：「這什麼鳥啊？都拿手電筒照牠了居然還不跑？」

老人在旁邊解釋道：「這隻鳥叫做領角鴞，而且碰巧，案發當時牠也在現場。」

「你怎麼知道？」趙予豪滿懷疑惑地問老頭。

「哪有為什麼？因為我是鬼啊。而且是住在附近的鬼。」

趙予豪的心頓時沉了下來，「老頭，這案子是那個小發財車司機做的嗎？」

老人撫鬚，故作神祕地回答：「我怎麼會知道？你別問這麼多，破案最有趣的地方就是解謎的樂趣，都被你問完了還有什麼好玩的啊？」

「小氣鬼。」

「好了，廢話別多說，拿顆石頭把這隻傻鳥打下來吧！」老人最後說。

「真他媽有夠麻煩，老頭，你早點說你要抓鳥，我們哪會這麼麻煩啊？」

抓到鳥後，要帶著牠回去，沿路根本就是多災多難；老人教趙予豪用地上的樹藤把鳥捆起來，捆是捆好了，但那鳥精神很好，一直想掙脫。

他實在很想善待這隻目擊證鳥，但顯然鳥不買帳，好幾次都讓趙予豪以為牠要掙脫了，嚇得他一直停車，再把樹藤綁緊一點。

最後終於平安回到宿舍，把鳥丟給宿舍裡的何文鴻後，趙予豪自己又騎車出來買鳥籠。

本來開導航就好了，老人卻突然說什麼都要親自指揮，趙予豪一路上被吵到不行。

「喂喂喂，小子啊，看路！這裡左轉，不要過頭了。」老頭邊走邊指揮著趙予豪該騎哪條路，一下子左轉一下子右轉，跟導航完全不同，趙予豪都被繞花了。確定趙予豪騎在自己指定的路上後，老頭才終於回應他：「鳥是這破案的關鍵，跟那天問你話的警察一直試圖突破你心防一樣，我們要用那隻鳥，突破犯人的心防。」

「有這麼簡單？」四下無人之時，趙予豪都直接和老頭張嘴對話，趁著等紅燈的時候，他往後看了一眼，在他眼中，他對到的是老頭的眼睛，但後面一個和他對到視線的女生愣住了，硬是看了幾秒後撇過頭看旁邊。「你老實說，你只是自己喜歡吧？」

老頭笑而不答。

女孩以為趙予豪在和自己說話，眼睛又不由自主看向他。

「你不說是不是？我看就是被我猜對了，你自己喜歡，還逼我去抓！」停頓幾秒以後他又說：「喂，幹嘛不說話啊？」

老頭還是笑而不答，最後甚至直接消失了。

這時紅燈轉綠燈，女孩瞪了他一眼，「神經病。」加速催油門騎走了。

趙予豪：？？？

他還在想老頭怎麼會突然不見，直到被後方的機車按喇叭，他才意識到綠燈了，慢吞吞地騎走。

終於買好鳥籠回到宿舍裡，一開門就差點被飛過來的領角鴞撞飛。

他徒手往空中一抓，碰巧就抓住鳥的身體，牠的翅膀非常有力地煽動著，腳爪一勾，趙予豪的手臂立刻就被刮出一道血痕。

「靠，抓到了？快點快點，把這個畜生關進去！」何文鴻快速的從後面抓住鳥的翅膀，兩人手忙腳亂地把鳥請進鳥籠中。

關上門的那一刻，兩人都人鬆了一口氣。

趙予豪看著自己剛剛被刮到的那一大條血痕嘶了一聲，「痛死了啦！牠怎麼掙脫的？不是叫你關燈拿手電筒照著牠的眼睛嗎！」

「我手機沒電了，是不能充一下喔！」何文鴻哀號，「才不到一秒鐘的時間，牠就開始滿屋子亂飛，我也抓得很辛苦啊！真不懂你到底抓這隻畜生回來要幹嘛？」

趙予豪頓時無話可說。別說何文鴻不知道，就連他自己也不知道啊。

「喂何文鴻，要看三國嗎？」既然想不到可以回的話，只能轉移這傢伙的注意力了。

何文鴻：……。

「看你媽三國。」

罵完趙予豪以後何文鴻就去整理自己的行李了，邊整理還邊碎碎念，趙予豪則是走到自己的電腦旁打開畫面，找到三國的影集點選播放。

趙予豪看著坐在自己身邊滿臉笑容的老頭有點不爽。

這老傢伙，居然不說一聲就自己跑了。

「老頭，你剛跑哪去了？」趙于豪說道。

「嘖嘖，眞沒用，都給你製造機會了還能讓機會跑掉。」

「什……」趙予豪剛想回應，又突然想到何文鴻還在旁邊，所以改成在腦子裡想著：「什麼機會？」

「哎呀，眞沒用，現在的年輕人眞沒用。」老人跟沒聽到他的問題一樣，自顧自地講了兩句以後又消失了，只留下迴盪在空氣中的口信：「明天我中午過來找你，手機充飽點，順便帶些紙筆好做筆記。」

趙予豪望著老人消失的地方有點想罵髒話。這老人家，實在是太隨心所欲了點吧！

第二天中午，趙予豪陪何文鴻吃完中餐以後送他去坐車，就又跟著老頭一起來到同一座山裡。

也不知道是不是因爲他知道這裡出過什麼事，一踏進山裡又是一陣涼風吹來，他第N次後悔自己同意老頭玩什麼偵探遊戲。

「我真的希望你快點破案，好讓我可以再也不用重回這裡。」趙予豪看著天空深吸一口氣。

「別緊張，正常的人走了以後靈魂就會消失去其他世界了，留下的，只是那個靈魂的『執念』，那執念一般都會跟著執著的源頭，那尼姑的執念源頭，肯定就是那個殺了她的人。就好像我一樣，我還沒走就是因為，我有事情還未完成。」

本來還在聽老頭解釋，最後老頭居然還加碼講了自己的事，這讓趙予豪整個興趣都來了。

「那你是所為何事？」他模仿著老人的語氣，帶著點玩笑的意味。

老頭忽然停下講解，板起陰沉的臉問道：「你不知道這是個禁忌的問題嗎？」

老頭冰冷的眼神讓趙予豪愣愣地說不出話來。

他警戒地看著老頭，好半天回不了神。

察覺到趙予豪真的被自己嚇到的老頭樂開了花，「你果然還是個年輕人，我就說嘛，年輕人哪有這麼膽大的！我那個年代，誰人不怕鬼！」

「幼稚！你就是個幼稚鬼！」趙予豪喊著，自顧自地往前走去，但走沒兩步又回頭望著老頭，一臉陰沉。

「又怎麼啦？」老頭問。

「你答應我，我們一起在外面調查的時候，不管怎樣都不要突然從我身邊消失，也不准嚇我，直到我回到宿舍。」

不要放我一個人。這是趙予豪真正想講的，他也知道卽使他不說老頭都聽得到，索性就不說了。誰讓這句話說出來實在太像個膽小鬼，一點都沒有男子氣概。

老頭看著他微笑，手揹在身後，認眞地點點頭，「好。我答應你，可以繼續走了吧？」

又走了一段路以後趙予豪問：「該看的我們昨天都看完了，那今天來這裡是又要做什麼？」

「我們今天除了繼續挖線索以外，還有一個任務。」

「什麼任務？」

「等一個人。」

趙予豪：……？

「你是說這裡還有人會來？」趙予豪問。

「會來，而且還是個貴客。」

「老頭，你先告訴我那個貴客……是人吧？」

老人聽完哈哈大笑，「怎麼？不是人你現在就要跑路了嗎？」

當然，不是人他還不跑！

老人已經聽完他的內心話，笑著安撫道，「放心，是人，是你的貴人！」

「我的貴人？」趙予豪皺起眉頭，「確定今天一定會來嗎？」

老人唔了一聲又想了想，「不確定。」

趙予豪不知道該說什麼，索性就不回了。

兩人來到昨天經過的詹家果園，從掉到地上那些熟透的爛果來看，這裡種植的東西看起來像是柿子。

此刻這裡並沒有人，但有一台很明顯的小發財車引起了趙予豪的注意。

「那是撞我們的那台嗎？」

「不是。」老頭的目光也跟著望向這座果園。

趙予豪看著老頭，不明所以。

果園內養了幾隻純黑色的山犬，一看見趙予豪就大聲吠叫，聽說狗有靈性，不知道狗看不看的到老頭？此時趙予豪無關緊要的想著，不一會兒，從果園內緩緩步出一個年邁的身影。

「是警察嗎？」老婦人問他們，蒼老的聲音說的是台語。

趙予豪看著老頭，頓時不知道該怎麼回答。

「跟她說你是觀光客。」老頭給他建議。

「……喔不是，我們是觀光客。」

「觀光客？我們這個果園沒有對外開放喔。」老婦人語氣疑惑，「你是要買柿子嗎？」

趙予豪和老人對視一眼，老人點頭，雙手推了推，要他去應付老婦人。

「啊，嘿啊。我們想要買柿子，買回去寄給家人的。可以宅配嗎？」

老婦人皺起眉頭，用有些台語口音的國語夾雜著台語問：「你們？你就一個人，哪裡來的你們？你是看到鬼喔？」

她講完又像想起什麼似的，忽然一臉驚恐地打了自己幾個嘴巴，「唉唷，我亂講話，亂講話！」

對於老婦人突然的情緒起伏，趙予豪感覺很傻眼，老人倒是一副看破世間的樣子，沒什麼反應。

「你想個辦法進去。」老人眼神盯著老婦人，下巴朝著裡面抬了抬，暗示趙予豪，他自己則是已經旁若無人地「進去」了。

趙予豪無奈，「阿嬤，柿子有在賣嗎？還沒熟沒關係，我想先訂。」

老婦人猶豫了一陣，走過來拉開鐵門，「有是有啦，但是現在人手不夠，所以要等。」

「要等沒關係啊。」趙予豪順勢走進老婦人的柿子園，一邊觀察那台小發財車，嘴上不停發問：「啊你們怎麼會突然缺人？」

老婦人似乎有所猶豫，支支吾吾好半天，「之前幫忙的人現在沒做了啦，所以才缺人。」

「問她爲什麼沒做。」老頭已經開始逛園子了，一副自己家的模樣，仗著沒人看得到自己就隨便亂來。

「爲什麼沒做了啊？」

「哪有什麼爲什麼……？」婦人似乎並不想回答這麼問題，又隨便敷衍兩句就轉移了話題，「啊你要買多少？太少我不能幫你寄喔，現在貨運沒有十箱說不幫我送啦。」

「那台小發財車不是送貨用的嗎？」趙予豪指了指貨車。

老婦人看到趙予豪指著小發財車，眉頭皺得深深的，一副有口難言的模樣。

這時忽然有個看起來約二十出頭的女孩出現在門口，「您好，請問一下，這裡是詹家果園嗎？」

老婦人立刻笑臉相迎，一副找到救星的樣子，結果下一秒，就被女孩掏出來的記者證嚇得差點躲到趙予豪身後。

「我是娛星日報的實習記者許芸芸，想針對前段時間發生的那起尼姑死亡案，問您幾個問題，不曉得您方不方便給我一些時間？」

「不方便啦！我什麼都不知道，妳不要問我！」

婦人立刻就慌了，她一直退退退，退到趙予豪身後，老頭在不遠處笑出聲。大概是婦人內心的碎碎唸娛樂到他了。

「阿嬤，社會大眾只是需要一個眞相。您放心，如果這件事和妳們家沒有關係，眞相一定也會水落石出的。」說完那個許芸芸也往趙予豪的方向走來，趙予豪頓時被夾在兩個女人中間，有些無言。

「妳要問什麼啦？」老婦人一臉爲難地壓著下巴看她，臉色不太好看。

「附近鄰居指出，尼姑生前都會到這裡做些幫忙包柿子的工作，妳們就會提供她素食的三餐，有這回事嗎？」

「有啦，一開始我們就是想說她也可憐，自己住在這裡沒有收入沒有飯吃，所以平常她如果有來幫忙包幾顆柿子，我中午就會多做一些素菜給她吃啦。」老婦人用台語回答。

「這樣的日子持續多久了？」

「兩三個月有了，她來到這裡也就這幾個月的事。」

「在事發前幾天，她有和你們發生過什麼爭執嗎？」

老婦人聽到頓時開始瘋狂揮手，「沒有啦沒有啦，怎麼可能跟她吵？她一個出家人，我們怎麼會跟她吵？那是對出家人不敬耶！」

「但是據我查詢到的資料，鄰居都表明你們不時會苛待尼姑，常常會讓她工作到半夜才吃東西，沒做完不給她走？有這回事嗎？」

婦人臉色難看起來，語調也拉高。

「怎麼可能會有這回事啊？我們就是做善事啊，不能因為平常都我們幫助她，就一直來找我們吧！妳說的那些鄰居都只會出一張嘴，平常要他們幫忙也都閃得遠遠的啊！幫都是我們在幫，啊買素菜不用錢喔？做人要憑良心，不能亂講話。而且她死了也是我兒子發現去報案的啊，他這是做善事耶，不忍心她曝屍荒野你知道嗎？你們這些記者齁，適可而止啦！」

老婦人說完開始推趙予豪，「好了啦好了啦，年輕人，果園今天要關了齁，你跟這位小姐都請先回去吧！果園要關了！我也要回家了。」

「阿嬤，等一下，妳還沒有回答完我的問題耶！」女孩顯然還不放棄。

老婦人還是不理不睬，將趙予豪和那個叫許芸芸的女生一起推出果園，趙予豪一臉懵，還不明白自己正看戲吃瓜到一半怎麼就被推出來了？

老頭還在東看西看，突然對趙予豪說：「問她最後一個問題：有沒有想過要叫尼姑嫁給她的光棍兒子？」

趙予豪頓時一愣，老婦人的身影眼看著就要鑽進小樹林裡，在老人有些焦急的催促聲中，趙予豪再次叫住老婦人。

「阿嬤！」婦人聽到喊叫聲回頭，趙予豪接著問道：「那妳有沒有想過，要叫那個尼姑嫁給妳兒子？」

婦人的臉色瞬間大變，「夭壽囝仔！是在烏白講啥物碗糕啊！走！走！給恁祖媽走，攏給我走kah遠遠！恁這些做記者的，沒一個好物仔！逐工黑白講造謠生話，有一天不得好死！」

說完婦人的身影徹底躲進小樹林不見了，一旁的許芸芸則是驚訝得目瞪口呆，「哇天啊！大哥，您哪個單位的？問話這麼狠的？」

趙予豪只是淡淡地看了許芸芸一眼，「我不是記者，妳不用叫我大哥。」

他只是幫著老頭而已，那問題也不是他要問的。

「那你怎麼會突然想到要問那個阿嬤這種問題？」

「嗯？就、一個突然的靈感？」說完他覺得自己這個回答真的美妙至極，得意地戴上自己特殊的塗鴉安全帽，跨上摩托車準備離開。

女孩卻在看到他那頂塗鴉安全帽後臉色大變，「等等，我認得這頂安全帽耶，你該不會是……昨天那個神經病？」

趙予豪：……？

「誰跟妳神經病。有人這樣跟人打招呼的嗎？而且還是第一次見面？」趙予豪沒給她好臉色，甚至還直接翻了個白眼。

「昨天在八十五度C前面那個十字路口，你突然說什麼玩遊戲？什麼你自己喜歡，還去抓什麼？那個難道不是你嗎？」許芸芸見趙予豪還在疑惑，挑起眉毛，「自己一個人停紅燈，對著我碎碎念這麼多，如果不是在跟我說，難道你還對著空氣說啊？」

趙予豪也不講話了，因爲老頭不知道爲什麼還沒出來，他在想如果他先走，老頭會不會自己跟上？

「對著空氣說又怎樣，那和妳有關係嗎？」趙予豪一邊往果園裡望，一邊漫不經心的回應女孩的問題。

「那這樣你還說自己不是神經病嗎？」

趙予豪……。

眼看女孩這麼不客氣，趙予豪也雙手抱胸不客氣起來，「哦，我想起來了！昨天就是妳罵我神經病的吧？」

女孩毫不猶豫就承認了，「誰叫你對我碎念了半天，我根本聽不懂你在說什麼。」

趙予豪哼笑了聲，「那我告訴妳個祕密吧？如果我未必是在對著空氣說話呢？要是我說話的對象是阿飄，妳還覺得我是神經病嗎？」

許芸芸的反應出奇鎮定，「那也沒什麼啊！雖然我看不到，但這個世界本來就有那種東西，我才不怕呢！要是怕，我又怎麼會自己一個人來調查尼姑的案子？」

趙予豪望著眼前這個明顯比自己還要勇敢的女人有些不屑，但現實就是自己沒資格不屑人家，誰叫他是個膽小鬼，一開始他聽到老頭想要他陪著查案，他怕得猶豫好久不敢答應。

「先走了。」這次他是對女孩說。

都已經等這麼久老頭還沒出來，趙予豪決定不等他了。

「喂喂喂！」

這三個喂讓趙予豪剛要騎出去的車子又停下來，他轉頭看她，「又怎樣？」

「你真的看得到鬼嗎？」女孩忽然很認真的問，「看得到的話，你跟我去一個地方好不好？」

趙予豪：「我如果不要呢？」

「給你車馬費怎麼樣？」

「看不起人嗎？」趙予豪嗤笑，隨後又把目光放到其他地方問道，「……妳要給多少？」

於是兩個人又再度回到尼姑的屋子。

趙予豪知道這裡沒東西，所以也不太害怕，他邊走進去邊說，「妳就給個五百塊，我能看到的東西恐怕很少喔。」

「五百塊請你幫忙看，如果你可以幫忙找到那個尼姑的靈魂，幫助警察找到關鍵證據的話還有破案獎金。當然，這是功德一件，除了你本來就有的破案獎金，我額外給你一萬怎麼樣？」

聽到那個金額，不得不說，趙予豪心動了。

「喔，既然妳這麼說，那我就考慮一下吧。」他輕咳了幾聲，「現在這件案子進行到哪裡了？妳說說看，我一邊幫妳看周圍有沒有尼姑的影子。」

「你要先跟我約法三章，從現在開始聽到的話不准對外洩漏一個字，否則尼姑就會纏著你。」

趙予豪真的是無言到笑出來。怎麼？這年頭現在都流行這樣恐嚇別人是嗎？老頭這樣，現在這個女人也這樣？都沒有別招可以用了嗎？

「妳要不要這麼惡毒？」

「這是防範未然，先見之明，打勾勾。」說完她也不管趙予豪同意與否，抓起他的手強迫拉勾。

對於女孩一連串的動作趙予豪並未阻止，他本來就不是嘴碎的人，也不相信那些，所以女孩說什麼做什麼他都無所謂。

「好了，現在妳可以說了吧？」

「嗯。現在警察的資料有限：被害者生活簡約，出家修行前曾經結過一次婚，有過兩個小孩，但他們和她的距離都很遠，所以目前查到的資料並沒有太多有用線索。她生前往來最頻繁的就是詹家果園，不過和這件事有關連的只有四個人：一個是他們果園雇的員工老徐，另外就是果園的主人，也就是剛剛那個婦人和她的的兩個兒子。三個男人平均在四十四到五十五歲之間。而且因爲受害者是女性，所以警察第一時間就是先看身體外觀是否有強制性侵的跡象—答案是沒有。不過奇怪的是，你剛剛問的那個問題讓那個阿嬤反應很大，讓我不得不重新往這個方向去懷疑。」許芸芸停頓了一下後又問：「那件事是尼姑告訴你的嗎？她剛剛在那？」

趙予豪想了想，不知道該怎麼回答，但又想幫老頭聽聽看這個案子，於是遲疑了幾秒後點頭，「差不多吧。」

尼姑現在是飄，老頭也是飄，兩個飄飄應該算是類似的存在，他也不算說謊吧？

「那現在問題的重點是什麼？還沒找到兇手嗎？」

女孩搖頭，「他們三個加上阿嬤都有不在場證明。」

「什麼意思？」

「當天他們都下山跟幾個中盤商談生意，所以不在山上，也就是說山上只有尼姑一個人。而他們家有兩台發財車，以及一台廂型車。阿嬤跟小兒子是開廂型車走的，老徐跟大兒子則是開發財車。」

趙予豪想起腦海中的那張臉。

「尼姑身上有幾個鈍器敲出來的傷口，還有類似被動物咬過的傷痕，目前不能判斷那是狗還是其他生物，是案發前咬還是案發後咬的。詹家果園有養狗，所以警方暫時認定是狗，但他們又說他們家的狗都關在果園裡，平常根本不會放出來，否認那些狗有咬死尼姑的可能。」

「那警察有檢查大兒子的那台發財車嗎？」

許芸芸點點頭，「那兩台發財車都沒什麼問題，所以案情就陷入膠著。我……有個在當警察的家人，因此很頭痛。那個尼姑的身世很可憐，曾經因爲家庭問題向我的家人求救，最後好不容易逃出來，卻遇到這樣的事，所以他很重視這件案子。」

趙予豪聽完前因後果只是安靜的點點頭，並沒有其他表示，氣氛頓時安靜下來。

「你沒什麼話想說嗎？」許芸芸問。

「我要說什麼？」

「比如對這件事的看法？」

趙予豪有些嚴肅的說：「在還沒有證據的時候，還是不要亂說話吧？」

許芸芸調皮地吐舌，「喔。」兩人安靜了一瞬，她忍不住地開口又問：「那、你現在有看到她了嗎？」

趙予豪亂轉一圈都沒看到老頭的鬼影子，果斷地搖頭，「暫時還沒有。」

臭老頭也不知道跑哪去了，居然半天不見他的鬼影。

「老頭我在這呢。」趙予豪才在心裡抱怨完，便看到老頭涼涼地坐在剛剛明明還空無一人的椅子上，看著女孩一臉認真思考案情的樣子笑了笑，「你跟她說，你有可以讓這個案子出現曙光的東西，問她要不要？」

趙予豪狐疑地看老頭一眼，又對著女孩說：「剛剛……尼姑出現了。」

老頭在旁邊抗議：「臭小子，老子不是什麼尼姑，你不要亂講！」

「爲了這個案子你就忍忍吧，臭老頭。」趙予豪看著老頭的方向笑，許芸芸也跟著看向那張空無一人的椅子，嚥嚥口水，似乎開始有些雞皮疙瘩。

「她說了什麼嗎？」許芸芸也看著那張椅子問，不由自主地對著椅子行了一禮。

老頭對女孩的禮貌很是喜歡，連連點頭，「不錯，這個孩子教養很好，可以給你當老婆。」

趙予豪……。

他不打算理老頭了，繼續和許芸芸說：「我有可以幫助這個案情露出曙光的東西，妳要嗎？」

「你有？」

趙予豪又遲疑地看了老頭一眼，「呃，應該吧。」

「應該？」女孩也跟著疑惑。

「跟她說，明天中午的時候來森林入口跟你碰面，你帶那隻鳥去，另外把毛巾的照片給她，讓她都帶給她爸看看。」

「她爸？」

「嗯，她爸可是第一分局的局長，官階很大的，你可不要小看她。」老頭說。

趙予豪稍微瞪圓了眼睛。

難道這女人剛剛說要幫助警察破案什麼的，是她自己私心想這麼做？也是，哪個記者追這種殺人案是爲了破案，不是爲了要寫標題驚悚的新聞而已？也就是因爲她有個局長老爸，所以才會以破案爲目的。

趙予豪接著把老頭要轉告的話告訴她，兩人約好明天中午見面，女孩答應之後，兩人一起從小屋裡出來，趙予豪站在自己機車旁目送她離開。

趙予豪跨上摩托車，邊騎邊和老頭鬥嘴，一起回到了宿舍。

宿舍中趙予豪一直想起下午許芸芸的話，忍不住問老人，「老頭，今天許芸芸跟我說了一些案子的情況，這樣追了幾天，你有想法嗎？」

「那你有想法嗎？」

「我們探訪過那座山，那附近幾十公里只有零星的幾戶人家，平時尼姑接觸最多的就只有詹家人，你說，兇手有可能就是詹家那兩個兒子其中之一嗎？」

「我可沒有說兇手一定就是詹家那兩個兒子之一喔。」老頭故作高深地摸摸自己鬍子，「小子啊，你想想，尼姑身上的傷口不只一處，而且又是鈍傷又是刀傷，誰會這麼殘忍地殺害一個人？」

「有過節的人才會這樣吧？」

「那詹家人和她有什麼深仇大怨呢？追不到人就要下手殺了她嗎？」

趙予豪沉默了一下，「今天下午許芸芸也說過，尼姑在修行前曾經結過一次婚，有兩個孩子。而且曾經因爲家庭原因去找過她爸，也就是那個局長。會不會就是那個前夫找來了？」

「那也未必。兇手的確很大概率是個成年男性，而且能下如此重手，照常理判斷也不會是第一次動手了。除了尼姑前夫外，詹家長男雖然現在是單身漢，但前妻是生病後死亡，不是因爲暴力死亡。」

「可是前妻生病死亡也不代表長男是不會動用暴力的人啊。而且老婦人又是那種態度。」

「老婦人的態度雖然強硬，但她也可能只是不喜歡自己兒子和死人名字掛在一起，未必就是心虛想隱瞞什麼。」老人邊分析邊踱步，「尼姑是死在一個慣性使用暴力的人手上，從傷口可以推斷出兇手力氣很大，可以以鈍器攻擊造成傷口。我們還缺少一個直接跟嫌犯對話的機會，還得親眼去看看那個尼姑的屍體。」

聽著老人這般分析，趙予豪終於確定，老人不是玩遊戲，感覺是真有兩把刷子，想替自己圓夢的啊。

隔天中午，趙予豪依約把鳥跟照片都送來給許芸芸。

許芸芸看著那隻鳥有點無言。

「這隻鳥是要幹嘛用的啊？」她問。

趙予豪摸摸鼻子，昨天老頭是有告訴他，他也回答得出來，但就不知道這女人願不願意相信了。

「這是⋯案發現場的鳥。」

「你是說⋯⋯？」女孩瞪大眼睛難以置信。

「就是全程看著她被喀——的目擊證鳥。」趙予豪邊說邊抹脖子暗示許芸芸。

「那你怎麼會有這隻鳥？你去抓的嗎？」

趙予豪很想說不是，但現實就是。於是他點點頭。

很好，這蠢到家的作法讓她笑了。

「你還眞是好心。是尼姑拜託你的吧？」

趙予豪勾起一邊唇角，看著老頭說：「對啊。」

老頭在遠處的機車上哼了一聲。

「告訴她，這隻鳥的使用方法很簡單，在她爸審犯人的時候把這隻鳥放在旁邊，這鳥盯著誰，還有誰看到牠會發抖，那就八九不離十了。」

「犯人見過這隻鳥嗎？」

「見過。」

老頭這麼說，於是趙予豪也直接把老頭說的話又跟許芸芸說一遍，她聽得嘖嘖稱奇，「那這張照片呢？」許芸芸看著裡面的新毛巾。

「大概就是……證物？」

「定情證物。人家一個正經出家人，有些人無意，有些人非要逼人家還俗，這不是造孽嗎？」老頭嘴角掛著一絲譏諷的笑意。

趙予豪：……。

女孩喔了一聲，點點頭，「我們加個 line 吧，你把照片傳給我。」

趙予豪掏出手機，點開QR碼讓她掃，成功加完聯絡方式以後女孩跨上機車準備離開。

「如果我有問題會傳訊息問你，如果你有新的發現，或者尼姑有出現，告訴你什麼新的線索，也歡迎你直接傳訊息告訴我。」

趙予豪眼神飄到旁邊，腳尖有　下沒一下的踢著地面，「喔。」

女孩催動油門說句掰掰後離開了，趙予豪回過身，對上老頭似笑非笑的眼神。

「你幹嘛那個臉？又想叫我娶老婆了喔？」趙予豪無奈。

「我可什麼也沒說。」老頭露出調皮的笑。「走吧，幹正經事了。」

「幹什麼正經事？」

「去看屍體。」

趙予豪……。

沒想到立刻就用上了，趙予豪敲著LINE詢問許芸芸尼姑的停屍地點，接著開著導航導了半天還迷路，最後老頭看不下去了，直接幫他指出一條明路來。當他終於騎到一間大樓前，也就是此行的目的地時，已經下午三點半了。

他生平沒看過屍體，眞的要進去看死者他實在有點害怕。

有些意外的是，他們在門口碰到一個看起來頗不好惹的男人。那個男人穿著一件短袖上衣，西裝褲，臉色微紅，身材很壯碩，感覺像是喝過酒以後才過來的。

他一路跌跌撞撞，見他快要跌倒了，趙予豪很快的過去攙扶，卻差點被男人給扯得一起倒地。

「先生，你沒事吧？」

男人抬頭用迷茫的眼神看了他一眼，瞬間有些悲從中來，他抹抹眼淚強忍淚水，「沒事，謝謝你啊小兄弟。」

趙予豪才剛要放開手，結果人又是幾度滑倒，他也無奈，只能直接扶著人進到裡面去了。

進到室內，男人一看到人就說他是來看死去的妻子，趙予豪眨眨眼，老頭卻在一旁示意他不要說話，待會兒跟著一起混進去就行了。

趙予豪：？？？

他心底隱隱約約有個直覺，如果老頭是故意要這麼做的，那麼會選在這個時間點叫他來到這裡應該也是預謀。既然老頭都說不用管這麼多直接跟著就行，那他也盡量讓自己隱身在男人旁，所有問題都只讓男人回答，安靜得讓人以爲他就是陪同「家屬」一起探望死者的「朋友」。

男人一路上都掩著面低聲啜泣，趙予豪只能半扶半拖地走在他旁邊。

趙予豪有些緊張，他看著現場人員精準地找到位置後，拖出一具從頭頂到腳底都光裸著的女體。

拖出遺體以後現場的人員就走了，老頭要他也跟著先到外面等，於是趙予豪等到現場人員走了以後，獨自挪動步伐走到外面。

「那我們現在要怎麼辦？」趙予豪看著安靜的大樓。

這是間長方形但中間空心的大樓，夕陽的餘光幾乎已經照不到裡層，整個室內安安靜靜的，連個人影走動都沒有，涼風呼呼地吹，趙予豪忽然有種我是誰我在哪裡的感覺。

「什麼怎麼辦？等他出來以後，換我們看。」老頭平靜地回應。

「看他哭得這麼傷心，兇手應該不是他吧？」趙予豪試探性的問。

「小子啊，你還太淺了。人是這個世界上行爲最複雜的動物，感情是可以僞造的。」

趙予豪當然知道感情可以裝，這在現代社會幾乎都可以稱作常識了。

「也是啊，那還有什麼是真的？」

老人目光虛無，「當然只有心底壓抑不住的慾望是真的。」

趙予豪奇怪的看了老人一眼，「什麼意思啊？你是說人類的貪嗔癡之類的那種慾望嗎？」

「非也，貪嗔癡是一種執念，但有些心理變態會在無人的時候，露出自己的真實面目。」

趙予豪本來還想告訴老人他聽不懂，但過一會兒，停屍間裡面忽然傳出一些克制的、又哭又笑的自言自語。

他想偷偷地過去看，但老人適時阻止了他，「現在過去看會做惡夢喔。」

趙予豪：……？

聽著老人的話，他收回自己跨出去的那隻腳。腳尖和地板發出輕微的碰觸聲，本來不該引起誰的注意，但這裡實在是太安靜了。

那又哭又笑的聲音戛然而止，裡面的人似乎什麼動作都停止了，最後只剩下安靜的啜泣聲。男人哭得不能自己。

趙予豪突然感覺尿急，不想在這裡上廁所，但實在憋不住了，於是等不到男人出來就先去放水。再走出來時被老人告知，男人已經離開了。那也表示，趙予豪要開始自己今天的工作了。

他要做的事就是去幫老人把裝著屍體的櫃門拉開，然後再關起來。

雖然剛剛老人本來就可以自己過去看，但他就是要趙予豪陪著一起，趙予豪實在也覺得莫名其妙，偏又拒絕不了。

老人看著拉開的抽屜對趙予豪說：「你應該會有一些天生的直覺。來吧，看看這具身體，你有什麼感覺沒有？」

趙予豪：「……想吐的感覺算嗎？」

老人板著臉回：「不算。」

接著又說道，「一個合格的偵探，看到屍體的那瞬間他就什麼都明瞭了。魔鬼藏在細節裡，屍體會說話。史文之就是這樣。再惡劣的罪犯也沒辦法完全抹滅屍體上的訊息，史文之光是看到那個屍體就可以抓到兇手，在史文之面前，再惡劣的罪犯都逃不出法網。」

「那個史文之這麼厲害啊？」

「何止是厲害，他簡直就是……」老人話說到一半，忽然看著趙予豪沉默了，「罷了，都是過去的人和事了，不提也罷，先來看看這具屍體吧。」

老人讓趙予豪把裝著屍體的抽屜完全拉開，他第一次看到屍體，此時的他只想逃跑。

女人的身體被鈍器砸得千瘡百孔，可以用破爛形容，臉上也有些許瘀青，蒼白的面容讓瘀青看起來像胎記一樣長在臉上，配著若有似無飄出來的冷氣，這空間感覺更冷了。

「這些鈍器傷口雖然數量多，但不致命，只可能會讓她流很多血。真正的致命傷是在腰間的那兩下刀傷。雖然看著傷口不大，但深及臟腑，主傷其性命。現在看，這兩種傷口的力度和方向，不是同一人造成。」老人邊走邊分析：「造成鈍傷的物件應該是某種特別短、水管鉗之類的工具；造成鈍傷的人應該是個體型不大、身量不高、有點年紀但長期做工之人，所以在高處的地方如肩膀，下手疲弱粗糙，因為不是想致她於死地，也就沒有攻擊她的心臟。造成刀傷之人恐怕是後來者，也就是第一個發現尼姑因傷倒地的人。他的選擇不是救她，而是直接下死手。兇手下刀之處看起來沒有猶豫，應該對死者很熟悉，而且對死者有很強烈的恨意。」

「尼姑的前夫？」趙予豪第一個就想到剛剛那個壯碩的男子，而且依照他的體型，這麼深的刀傷他確實可以做到。但他剛剛分明就哭得這麼傷心！趙予豪很難相信，「但是怎麼可能？他和尼姑分開後離得這麼遠，這期間她應該是刻意避開他的耳目，所以選擇隱居深山的，他現在不就是接到消息以後才過來的嗎？」

「是誰通知他來的？又或者說他可能其實根本沒有離開過，就一直在她附近徘徊呢？而且蓄謀已久，才可以當下就有刀可以捅人。」

大家都把案子的焦點放在那幾個果農身上，根本沒人懷疑住得遠，又有家暴前科的前夫。

老人要趙予豪把男人的長相畫出來，很神奇的是，以前他只知道自己有點畫畫的天分，沒想到眞的要完成一幅人像時他可以這麼輕易就畫出來，而且跟那個男人有八十七分像！

老人讚賞地點點頭，「果然還是有點長才。明天帶著這幅畫像，我們親自去問問有沒有人見過他。」

隔天趙予豪帶著畫像沿著山腳下一路問上去，上午的時候沒遇到半個看見過這男人的人。接近晌午時段，他們走進一家麵店，趙予豪已經滿身是汗了，渾身黏膩讓他非常不舒服，隨意把手邊那張畫像放在桌上，轉頭就跟老闆娘點了大碗的乾麵吃。吃飽喝足準備買單時，突然進來一個看起來也是農民的人，趙予豪不抱希望最後一問，沒想到那個農民還眞的看過畫像上的人。

「眞的！？你看過這個畫像上的人？」這張畫都已經快被他捏爛了，趙予豪很後悔沒有拿個什麼保護好，恐怕回去還要重畫。

「是啊，我看到他好幾次，因爲這人的穿著打扮不像我們這裡的人，所以多看了幾眼。我最後一次是看到他去找那邊那個姓詹的人家。」農民手指往山上。

趙予豪和老人對視一眼，接著趙予豪又問：「這裡姓詹的果農只有一戶吧？」

「是啊，就只有那一戶。」

老闆娘的臉色有些不好，「你們找他是有什麼事嗎？」

附近的鄰居們都知道那個尼姑走了的事，就怕山裡出了什麼殺人魔，各個人心惶惶，一遇到有調查這件事的人就想要問清楚。

「讓他們莫驚慌，就是被害人的前夫罷了，沒什麼好恐慌的。」老人說，於是趙予豪也照著老人的話重複給居民們聽。

農民和老闆娘聽了以後連連點頭，表示如果需要作證的話，他們也願意作證。接著開始述說尼姑在這個小村裡的好人緣。

大家都知道她是都市裡來的，初來乍到人也知道禮數，常常都會幫忙鄰里做些工作，和大家都很不錯。後來去詹家幫忙以後就漸漸不往山下走了，有幾次看到她表情都有些奇怪，笑容也很勉強，大家都懷疑她是不是在詹家受了委屈，但因為人太好而沒說。

沒想到居然就出了人命。

認真聽完村民們提供的情報以後，趙予豪簡單留下幾人的姓名以地址跟電話之後方便聯絡。

回到宿舍已經是晚上了，他很快地把今天查到的訊息傳給許芸芸，結果許芸芸馬上回覆，還和他約了隔天咖啡館見。

這間咖啡館他之前也知道，裡面有很多小包廂，是他們學校附近情侶的約會勝地，但趙予豪一點也沒有往談情說愛的方向想，反而覺得在吵雜的環境下，隱密的隔間很適合談事情。

「我把你昨天跟我說的那些消息告訴我爸了，他今天應該會著手處理被害者前夫的事情。」許芸芸一臉嚴肅地說。「我還有一件事要跟你說，先前你給我的那隻鳥，我爸說那三個嫌疑人都看過了，但好像沒什麼反應耶……你要不要再問問看『她』還有沒有什麼辦法？」

「也許眞正想要對她下死手的人的確不在那三人之中，你們還沒找到關鍵的人物。」

「是啊，所以我爸覺得很困擾。」

趙予豪沉默了一下，「其實我昨天去看過尼姑的屍體了。」

許芸芸看著他，等他接著說。

「我覺得她身上的那兩種傷口是兩個不同的人造成的。」趙予豪有些沒自信，畢竟昨天老頭特別要求他自己說一次，但講的這些也不是他發現的，「兇手很可能有兩個，第二個兇手其實是第一個發現尼姑被害的人，而且被害人原本也許有機會得救，但最後那個人選擇殺死她。另外，從傷口看來，殺她的人對她帶著很強烈的恨意，那樣的恨意不會是一天兩天形成，只可能是經年累月，所以我昨天才會去找村民詢問，看有沒有人看過被害人的前夫。」

許芸芸的眼睛瞪大，很難置信的樣子。

「另外就是犯案的工具。第一個兇手使用的是一種比較短的鈍器，感覺是修電線或者工程用的工具，尖嘴鉗或水管鉗之類的。我發現尼姑家有一些新裝好的電線燈泡，所以第一個兇手應該是藉著修理她家電線進到她住的地方，而後起的爭執，所以身上當時就帶著那樣的工具，直接行兇；而第二個犯人用的可能是水果刀，一般人大概不會隨身攜帶水果刀，但如果說是專門攜帶來殺人的話，也頗奇怪，畢竟水果刀殺傷力不強，沒理由特地選爲凶器，因此極有可能不是預謀，而是前夫追過來後誤以爲尼姑和詹家兄弟有染，而臨時起意的，那把水果刀應該是在案發不久前才買的。」趙予豪後來說的這些並不是老人告訴他，而是通過老人的話自己推敲出來的，「如果拿著畫像去查一下，尼姑遇害的幾天內，有沒有人去買水果刀，應該就可以縮小範圍了。」

老人聽完露出一個滿意的微笑。

許芸芸聽到這裡坐不住了，站起來捏住趙予豪的手：「對耶，你真是一個天才！」

趙予豪一愣，心底一股莫名的成就感油然而生，他靦腆一笑，「哪有，就推出來的，邏輯問題而已。」

許芸芸倒是沒想聽他說這麼多的樣子，她直接拿出手機打開錄音：「你再講一次好不好？」

趙予豪……。

趙予豪重新講完以後，許芸芸很快起身，「我要快點回去把這件事告訴我爸爸！啊還有，讓那隻鳥去盯著她前夫，看看會發生什麼事！我爸現在應該已經把那個該死的家暴犯抓起來了，哼！自以為神不知鬼不覺，真正的殺人兇手，現形吧！」

話落，他就看著女孩一路聒噪地唸著，風一樣的跑出去了。

「用完就甩了？哇，這女孩真是夠無情了。」老頭也看著女孩的背影喃喃道，「算了，她不適合作你老婆，我們再找！」

趙予豪臉一紅，「從頭到尾都你自己一個人自說自話，我什麼時候說要她作我老婆了！」

兩人說話的途中，剛剛趙予豪和許芸芸點的東西剛好送上來了，但許芸芸跑了，所以這些餐食飲料就剩下趙予豪自己享用。

他邊吃邊說：「我們就做到這裡就好了吧？後續應該就是檢察官跟警察的事了，應該不用再查了吧？」

「是啊，到這裡兇手已經呼之欲出，沒什麼好查了，交給警方就好。」

「老頭，那你也已經過了乾癮了？是不是就可以放過我了啊？」趙予豪夾起一大塊豬排塞進嘴裡，許久沒吃這樣的簡餐，他樂開了花。

「乾癮？老頭我還沒過完呢，不走！」

趙予豪皺起眉頭，「死賴皮啊！」

「我說要完成我的願望，沒說要完成幾次啊！」老頭笑咪咪地說，「小子啊，你這次的表現我很滿意，剛剛那一番解釋得太好了，害我還想跟你合作一次呢！」

趙予豪哀號起來，覺得這老頭就是來滅他的，沒想到表現好了他居然還想要「續攤」！也不管他願不願意啊！

沒幾天的時間，趙予豪收到許芸芸的好消息表示案子破了，犯人真的有兩個，一個是詹家老二；另一個則是前夫。而且那兩個人也都已經認罪。

警察在他們那村的廢棄物回收處找到那把帶著血的短鉗，驗過DNA後證明那的確是尼姑的血液。而那座山的山腳下有個小型的鬧市，裡面有三間賣五金的，其中一間的老闆也指認被害者出事的前一天，她的前夫的確出現在鎮上，並且跟他買了一把十五公分長的水果刀。

尼姑的本名叫蕭荷。她其實並不是真正的尼姑，並沒有拜入任何宗教門下，只是常態性地頂著一個光頭，身上總是穿著灰色或白色的長版襯衫跟黑色棉褲，才會讓人以爲她是尼姑。

實際上她算是自己在家修行，每天和寺廟裡真正的比丘尼一樣早中晚唸著佛經，想消除自己的業障。

之前因爲許芸芸父親的協助，她提告前夫長期家暴，申請保護令訴請離婚，兩人不歡而散，她才逃到這座深山中修行。

蕭荷是淨身出戶的，身上並沒有帶多少錢，才會在旁人的轉介下來到詹家的農園幫忙打點零工，幹些套袋或剪枝、植栽的簡單工作。

她因爲前夫的陰影，一直都對男人有些恐懼，所以和詹家果園內的男人們並沒有很親近，即使詹家阿嬤一直想湊合她和自己年少喪妻的兒子相處，她也遲遲沒有答應。

詹家老大是個溫和的人，他並沒有因爲母親的要求就和蕭荷過分親近，始終保持著一定的距離。

那天事發起因就是詹家阿嬤要老大去蕭荷家幫忙修理水電，但詹老大是果農的主事人，當天因爲中盤商熱情走不開，所以代勞的老二開著老大的發財車回到山中，替蕭荷修理電線調整水管。

但詹家人都不知道，詹家老二雖然家中仍有老婆小孩，私下卻一直想說服蕭荷當他的小三。

那天詹老二突然色慾大起，修理完東西也沒有立刻離開，而是拉扯著蕭荷的手，想要做些親密的事，結果蕭荷過於驚懼，一巴掌拒絕。

也許是不堪受辱，詹家老二眼睛瞪大血管凸起，竟抬手也往蕭荷臉上招呼，試圖要逼迫蕭荷就範。兩人幾乎扭打在一起。詹家老二平常在自己家裡也不是善茬，氣不過女人敢反抗，當下眼一紅，掏起自己修管線的傢伙就不停往蕭荷身上招呼，等回過神來的時候才發現蕭荷已經趴倒在地奄奄一息，他一受驚嚇就直接跳上車跑了。

豈料蕭荷的前夫莊茂山在一個月前發現蕭荷的蹤跡，也看見詹家阿嬷想要湊合她與其他男人在一起，氣不過，趕巧在這一夜帶著水果刀準備要接近她，於是親眼目睹蕭荷被詹家老二痛揍並滿身是血。

莊茂山心裡是恨蕭荷的：即使他並不愛蕭荷，但也不想要她離開，無奈這女人死活不肯再與他生活，還聲請保護令不准他接近，於是他就想毀了她。

看到這樣的事，莊茂山當下想抓詹家老二當替死鬼，於是他並沒有上前援救，反而在詹家老二逃走後上前踹她兩腳罵了她幾句，接著便直接抓起她，在她傷口處補了兩刀。

詹家老二也怕自己闖禍，事後又折回去看才發現蕭荷已經躺在地上氣絕身亡，他來不及檢查屍體，立刻就慌忙下山準備跑去躲起來，這才不小心撞到人。

躲在汽車旅館兩天後，他打電話讓妻子帶著換洗衣物到汽車旅館找他，詹家阿嬷和老大也跟著一起前往，他們仔細商量過後，決定替詹家老二隱瞞這件事。

最後是老頭讓趙予豪幫忙拍的毛巾照片，讓詹家老大動了惻隱之心。他實在也覺得自己弟弟很過份，只是熬不住母親的跪地祈求，才答應幫忙隱瞞，直到看見那條毛巾，這才突破心防，反過來指稱自己弟弟的確有傷害蕭荷，並且帶著警察去找他幫忙扔掉的作案工具。

而莊茂山則是因爲他刺死蕭荷的當下，聽到樹林裡詭異的鳥叫聲，抬頭看見遠方的兩個黃色小點，這才嚇得逃跑。所以當他在警察局被警方偵訊，看到旁邊立在暗處靜靜看著他的那隻鳥時，整個人都不對了。他開始心虛，也開始慌張，腦子糊成一團，最後破綻百出，在員警的訊問下認罪。

詹家老二依照刑法殺人未遂罪及之前的肇事逃逸罪判刑；而莊茂山犯的則是故意殺人罪，兩人都直接羈押移送法辦。

趙予豪知道整件事的當下身體有些發抖，第一次這麼近距離接觸死人、第一次這麼近距離接觸人性的黑暗，讓他整個人都不好了。

老頭也很貼心，知道他大概幾天幹不了什麼大事，就沒提出什麼要求，讓他好好休息一段時間，剩下的就等之後再談了。

第二章

另一個城市的角落，接近凌晨四點，一個穿著細肩帶背心的外國女主播正在直播。她有著白皙的皮膚、金色的蓬鬆短髮和藍色眼睛。戴著一副粉紅色粗框眼鏡的她笑起來有點陽光女孩的味道，再加上睡眼矇矓的模樣，更加引人遐想。

她口齒伶俐地用英國腔不停誇讚台灣是個很美的地方，她正在某一座山中旅館，現在要起床看日出。

即使是凌晨，她的直播留言人數還是破萬人，可見她的人氣十分不一般。

忽然她微微傾身，親吻身旁一個有著亞洲黃皮膚的年輕男人，溫柔繾綣地叫他起床，並且跟他說要準備起床去看日出了。男人因爲金髮美少女的撫摸露出半張臉，濃眉大眼的模樣讓直播主的粉絲在留言處驚呼連連，下一秒直播主被男人一勾，鏡頭天旋地轉，沒幾秒就黑了。

畫面一陣晃動，直播主用英國腔問他在幹什麼？她現在正在直播。但顯然男子並不在意，最後只留下不可言說的微妙水聲，頓時留言處出現許多訕笑與尖叫聲。

這不是直播主第一次這麼做，女主播非常享受每一段感情的過程，所以即使和男伴恩愛，直播時也完全不避諱。

底下的人鬧歸鬧，調笑的成分居多，甚至有人好奇這次她多久會想甩掉現在這個男人，還有人開了賭盤。

後來的一個禮拜，美女主播出現得越來越頻繁，一個禮拜以後，之前那個濃眉大眼的亞裔男性消失了，取而代之的是直播主另一個從國外來的好朋友。

直播主的暱稱叫做亞理絲，而那個幾乎可以說陪著她全世界旅行的女性好友叫哆德，她們有一個搞笑的組合名稱，就叫做現代哲學家。

粉絲們看見亞理絲跟哆德，誰也不想管之前那個亞裔男子幹嘛去了，CP粉瘋狂尖叫，都想看她們兩個久違的親密畫面；她們依言相視一眼，兩人都笑了起來，沒多久畫面就變成兩個外國女人交纏的畫面。

畫面很美，CP粉看得很快樂，一個勁地在底下狂洗版。

在台灣，只要是國外的網紅，不管做什麼事都會被放大檢視，於是這兩個外國美少女也不例外的上了各大媒體成爲紅人。雖然依照她們在海外的影響力，不需要上媒體也很紅，但偏偏她們就是又紅又上媒體，便紅到人盡皆知。

她們意興闌珊，對人氣沒什麼追求，偏偏媒體追著她們跑，她們的旅行就相當於一直送素材給媒體。兩人也沒多做表示，不以爲意。

但幾天之後，她們居然與一宗命案巧妙地產生了關聯。

先前和亞理絲一起出現在直播的亞裔男子是個台灣人，他被人發現手腳反折，埋在台灣最南端某個隱密的海灘之中。

那處非常偏僻，周圍都是礁岩，只在中央有一個天然的沙坑，漲潮的時候會形成濕地。因爲海水不停的激烈沖刷，才導致他泛白的屍體顯露出來，被偶爾來此的釣客發現才報警。

台灣天氣炎熱，該爛的東西幾乎都快爛光，更何況他幾乎算是被放在烈日直射的海邊沙灘上曝曬。白天沙灘的溫度非常高，他的屍體表皮有一部分已經燙爛，引來不少昆蟲。

警方開始搜索男子的交友圈，發現男子的交友圈其實非常複雜，本來亞理絲和哆德的嫌疑不大，但因爲男子的死亡時間差不多就在亞理絲直播時，有人看了亞理絲的直播，所以警察找上了她們。

頓時這件事成了全台灣熱門的焦點。

嘴巴裡正在咬著食物的趙予豪，看到各大社群網站紅透半邊天的新聞，也忍不住跟著點進去看。

老頭這幾天幾乎有事沒事都會跟在他身邊閒晃，老是在趙予豪吃東西時嫌棄沒有多準備一份給他「吃」，此刻卻不鬥了，兩人都專注地看著眼前新聞，尤其當海邊的屍體被拍出，雖然有馬賽克，但還是不難猜想被發現的時候會是什麼恐怖畫面。

趙予豪快吐了，剛剛吃進去的東西都差點嘔出來。

他轉頭，見老頭仍認眞地盯著新聞內容。

這麼認眞？他心裡突然升起了不祥的預感。

「怎麼樣啊小子，這兩個禮拜應該休息夠了吧？」

「老頭，別告訴我你想要去查這個案子啊？我不要，這個很噁心，泡在海水裡都爛光了，是要找什麼啦！」趙予豪對著老頭就一頓狂噴，剛剛吃東西的食物殘渣就這麼穿過老人的身體，讓趙予豪終於想起老人其實不是人，他本質上還是個飄飄。

「小子啊，我們這世成爲人，總有那麼一天的，何須彼此嫌棄？這人你看著不覺得可憐嗎？他就這麼被虐死在海裡了，恐怕此刻也仍還在那個恐懼的漩渦之中。你可知道一個人被殺死，那是多麼可怕的印記啊，我看過那些遊魂……」

趙予豪舉起一隻手對老人喊停，「停！老頭，你現在是不是打算跟我說鬼故事？」是個死人曾經的故事，那當然就是鬼故事囉。

「是又如何，我主要是想告訴你，人啊……」

趙予豪再度打斷，「終歸有那一天。好，我接，你別說，我不想做惡夢。」

老人露出釋然的微笑，「善惡終有報，我們的職責就是就要讓惡人立刻現世報，明白嗎？有福的！」

趙予豪對著天空嘆了口氣。

「好好好，我服了你了老頭，那你打算怎麼開始啊？」趙予豪有些焦慮，畢竟這和他們無關，難道又要他特別南下去看那人的屍身，好給老頭一個判斷死因的機會嗎？

「不用，我們之前結的善緣，現在該結善果了。」

趙予豪此刻不明白老頭無緣無故在高深什麼，但幾天後他就明白了。

許芸芸找了過來，把他約到之前那間咖啡廳，不同包廂。

「這幾天非常熱門的那個新聞你看了嗎？」女孩一坐下就興致勃勃地問。

「妳說海邊死人的那個？」

許芸芸點點頭，「沒錯，這次警方又陷入一場苦戰。我爸主動問我的耶，他想問你這次能不能也出來幫忙，他可以給你一些特權，讓你能夠調閱資料，協助警察更快破案！怎麼樣？」

趙予豪瞪大眼睛，立刻就揮手拒絕，「不用不用，我又不是眞的這麼厲害，之前就是瞎矇到的，不需要妳爸給我這麼大的權力。」

「傻小子，人家要給你就拿著，說什麼不要！不知好歹！」老人聽到他拒絕，氣得吹鬍子瞪眼睛。

趙予豪也瞪向老人，「你厲害又不是我厲害，你走了他們還要找我怎麼辦？」

「我把我會的都告訴你，厲害的不就是你囉？廢話少說，把這特權給老子拿下來！」

「蛤？」許芸芸忽然左右張望，接著壓低聲音說：「你看得到鬼，而且又有那麼厲害的推理能力，我爸很欣賞你才要你加入這個案子的耶，你幹嘛不要？多好的機會啊！」

「就是！」老人跟著附和。

「我……我總共也就見過那一次鬼，這次的能不能再見到不好說，我怕到時候能力突然失靈……」趙予豪一句話說得斷斷續續，一臉沒自信的樣子，許芸芸聽了他的話以後反倒開心地笑了。

「原來你是擔心這個啊！你放心吧，如果到了現場，你眞的沒想法或看不到鬼了就跟我說，我幫你跟我爸講，無條件讓你退出不就好了嗎？」

聽到可以無條件退出，趙予豪的心安定不少。

「眞的可以無條件退出啊？」

「廢話，我爸是警察又不是高利貸，你怕什麼？」許芸芸咧開嘴笑了，眼睛彎成兩道月牙。

怕死啊。

這三個字趙予豪不敢說，但老頭都知道，還在旁邊樂呵呵地笑，「臭小子，你哪這麼容易死，你命可大了。」

「你又知道了？臭老頭。」趙予豪橫空瞪了老頭一眼。

許芸芸沒捕捉到趙予豪對著空氣的「眉來眼去」，像是有了決斷以後說：「那就這樣說定了，你這幾天都有時間嗎？屍體聽說要運過來這裡化驗，到時候我爸會告訴我，我再通知你一起過去看！有什麼想法就那時候再說。」

趙予豪嘆口氣，最後還是應了。

到了約定好化驗時間的那天，趙予豪強忍著可能反胃的感覺，硬是帶著老頭去了。這是他第一次見到許芸芸的父親──許建誌。

男人大概因爲是警察出身，臉上嚴肅，不苟言笑，看見趙予豪時嘴角微彎，和他握手，並說了一句久仰，接著注意力就都放在自己女兒許芸芸身上了。

他們父女倆聊了一陣，最後不歡而散。

因爲許芸芸想看屍體，趙伯父不讓。屍體已然腐敗，他怕自己女兒會有陰影做惡夢，說什麼也不讓她進去看，把許芸芸氣得跑掉了。

許芸芸走後許建誌才把注意力放到趙予豪身上，「那麼這位同學，我們一起進去吧。」

趙父很有禮貌，趙予豪點點頭，跟在他身邊一起進去了。

裡面已經有幾個鑑識人員正在觀察屍體。

許建誌一進到室內，手邊就被放了一份屍體的鑑識報告。

被害者名叫余昕書，他被發現的時候人半埋在沙灘裡，嘴巴乃至呼吸道都進了沙子，顯示人被埋進沙裡的時候其實還活著；但因爲他的雙手雙腳都被折斷，並且全身多處骨折，甚至反折在後，而無法自救。

加害者很明顯有虐待人的傾向，甚至喜好活埋，甚至其實埋得很好，如果不是因爲埋屍地形有海水沖刷，很可能屍體永遠都不會被發現。

老人看過初步報告以後簡單明瞭地下了決斷：「就是一個變態。而且是一個已經對殺人很熟悉的變態。這肯定不是他殺的第一個人，前面還有，讓他們去查！」

接著他就開始繞著屍體亂看。發現屍體上雖然有許多烏青，但大多都集中在手腳骨折處，脖子乃至於身體各處周圍都有些較淺的瘀血，看起來像是吻痕，那些吻痕極其不明顯，又加上屍身腐敗，所以沒什麼人發現。

趙予豪看著老人幾乎要把頭都埋進屍體裡，有些汗顏。

他還沒說什麼，老人下一秒就招招手要他過去。

「小子啊，你過來！」趙予豪不明所以，但老人實在太靠近屍體了，他怕得腳都快挪不動。

「過來！」老人一喝，趙予豪總算動了，很慢很慢地朝著老人走過去。

許建誌的注意力不著痕跡地跟著趙予豪來到屍體旁邊，他覺得少年的步伐有些奇怪，感覺害怕那具屍體，但又不得不過去的樣子。

「你看，這裡。」老人指著腐敗上的屍身上幾顆明顯的草莓，「還有這裡，跟這裡。他死之前恐怕才和人經歷過不只一次的性愛。剛做完就被殺了，實在可憐。」

趙予豪愕然，老人都怎麼判斷的，為什麼會知道？

「屍體都已經腫成這樣了還看得出來，這些都是比較深的。你不信啊？不信的話，找個人翻動他的身體，把其他部分露出來，我解釋給你聽。」

趙予豪的臉色頓時有些不適，搖頭表示不需要。

但老人沒想讓他這麼好過，硬是在屍身上比劃著位置，逼他看，還硬跟他解釋。

「問他們，有沒有拍這具被害人的X光片。」

趙予豪乖巧地轉頭問許建誌，一旁的員警接話：「剛剛給你的檔案裡面就有附了。」

趙予豪翻開檔案，和老人開始研究起了檔案裡附的照片。

原來屍體不止四肢骨折，連手指上的每一個指節，乃至於脊背跟關節、身體的大骨也都被輾碎。

是碾碎，顯示加害者施虐非常有耐心，根本是當成娛樂才有辦法把一個人全身上下的骨頭敲成這樣。

難怪遺體腫得像氣球，沒有骨感，骨頭根本都在裡面碎光了。

「到底是用什麼工具……才可以把一個人的骨頭輾成這樣？」趙予豪心中疑惑。

「橡皮槌、木椿，一節一節打爛？你怎麼還問變態爲什麼要這麼變態呢？」老人帶著嘲諷笑意看著趙予豪，「然後你看這裡，屍僵的時候他的身體被定型了。你看著……」

「你不要解釋！」

「好那我說其他地方，內臟也破了。你看到沒有？」老人目光從照片上抬起，看到趙予豪已經快吐的表情。

幾秒後他抓抓臉問，「老頭，你現在有頭緒嗎？」

「先說好啊，我只是推斷。這個人的手腕還有被繩縛的痕跡，不深，應該不難掙脫，但本人沒有因爲被綁而掙扎，那只能表示他是自願的。看來當時他們玩很大，連自己被綁著的危機意識都沒有。」

「有沒有可能他們吸了毒？」

老人彎起嘴角，顯然對趙予豪的反問很滿意。

不知不覺間趙予豪就跟著老頭看過了整具屍體，因爲聽著老人的解說，他沒時間去認眞看此人腐敗的屍身究竟腫到什麼程度。

許建誌的聲音忽然傳來，「同學，你有頭緒了嗎？」

趙予豪輕咳幾聲，有些不自信地說道，「一點點。」

「說說看。」許建誌鼓勵他，周圍的鑑識人員也停下討論，將目光轉了過來。

趙予豪一認眞想要解釋便像變了一個人似的，眼神銳利而專注，「我從這個屍體的傷痕判斷，他也許是被人以性虐的方式，緩慢折磨死的。直到臨到死前他似乎都沒有意識到自己陷入危險，身體沒有掙扎痕跡。」

衆人點點頭，其中一個警察將他說的話寫成了筆記。

「照片裡犯人的掩埋方式是將受害者逆折塞進洞裡，而受害者在當時仍有意識呼吸，沒有痛量？也許可以驗驗看他有沒有嗑藥導致意識不清、痛覺喪失？有可能他敲碎他的骨頭，就是爲了比較好凹折，讓他可以折成一個完美的球狀再塞進去。喪失痛覺可以讓受害者不尖叫不害怕，甚至到死前都不會失去意識，達成他們想要的活埋？」

此話一出，所有人都瞪大眼睛而露驚訝。連老人都有些驚訝他說出自己沒說的話。

他繼續說道：「嚴肅的說，我覺得這個凶手就是極端的變態。這具身體上有些已經不明顯的紅點，而且在他死前似乎還沉浸在興奮的狀態裡，與凶手玩了一場繩縛的遊戲。可以看這裡，他的手部有輕微的束縛痕跡。繩縛的力度不大，沒有勒得很深，手腕上也沒有掙扎出現的摩擦傷口，顯示那人到臨死前都還很放鬆甚至信任。」

所有人都因爲他的話湊過來看，交頭接耳，看起來也頗爲認同。

「兇手是個經驗豐富的虐殺殺手，恐怕先前不止犯過這一場案子。可以找看看兩年內有沒有類似這樣的案件，如果都沒有，恐怕犯案的不是台灣人。可能是旅客，或者一個從國外海歸的華僑……之類的。」

許建誌皺眉：「這又是如何判斷？」

老人果斷開口道，「這個兇手的變態不是一兩天了，如果國內沒發生過，當然就是國外了。變態是永無止盡的，他們永遠都在找下一個，根本不需要判斷。」

趙予豪則是聽完老人的話後斟酌一下用詞，認真地說：「殺手的變態性格已顯露在屍體上，這個人的癖好、習慣很明顯，顯然他很了解自己的性癖，作案的地點還選在露天的海邊，這人的性格也十分驕傲自大。他的驕傲有資本，那很可能就是他曾經犯過類似的案子，但最後都沒事，所以完全不怕被抓，即使他選擇的作案地點就是露天環境。」

這句話一出，許建誌與其他人的表情就更加精采了，他們面露震驚的模樣讓趙予豪有些擔心是不是自己說錯話？老人則在旁邊安撫他，「沒事，你講得很好，他們只是很意外你怎麼可以這麼輕易就說中。」

趙予豪：？？？

講到這件事，許建誌嘆了一口氣，「唉，小兄弟，你提到一個重點了。我們本來先從他混亂的交友狀況下去查，發現他的人緣很差，幾乎每個人都和他有過節，這讓我們無從下手。另外就是你剛剛提到可能是外國人，我們也想調查，問題是那個外國人大有來頭。」

趙予豪皺起眉頭，聞到一點不妙的意味。

「最近很紅的那個外籍人士，是一個英國大佬的獨生千金，名下企業幾乎遍布國際，家裡還有貴族頭銜。也就是說這個外國人的父親如果去世，爵位就會傳給她，她不能有汙點，也不會有汙點。那天他女兒才剛被我們傳喚，她父親立刻就知道了，不到三十分鐘就有長官打電話過來關切，要我們把人放了。如果沒有確切的證據，恐怕要再調查這個人不容易。」

趙予豪不疾不徐地說：「證據？證據就是她前些天還和死者滾床單啊，整個直播圈的人都看到了，難道她還能抵賴嗎？」

「我說的證據是，她直接把人殺死的畫面。」許建誌更加嚴肅地說：「只是直播還不算，況且她在全世界都有些名氣，如果是誤傳，恐怕也會有損我們台灣警察的形象。」

意思就是除非罪證確鑿，否則他們是不會輕易再找亞理絲的意思了。

許建誌沒有說的是，眼下這情況，他擔心就算真的在直播裡出現殺人的畫面，亞理絲都能全身而退。但這樣現實的一面攤給小孩子看他也不忍心，於是也就沒說了。

老人卻完全看透了許建誌的想法，並且一字不漏地轉述給趙予豪聽。

「眞有意思，這次撈到個大的了！小子，想不想把這個狂妄的女人拉出水面？我們看看到底是何方神聖！」老人興奮地微笑。

趙予豪眼神微暗，「想。」

雖說這邊還沒有任何證據就推測是亞理絲也未免太過武斷，但他最討厭那種作奸犯科，卻因爲自己位高權重而不需受罰的人了。

趙予豪一來就講了幾個重點，讓所有鑑識的人員都眉開眼笑，甚至有人稱他是少年英雄。幾個人邊走邊討論，一走出來就看見端坐在沙發區的許芸芸。

許芸芸起身朝他們飛奔過來，「怎麼樣？爸爸，有什麼消息嗎？趙予豪？」

許建誌看女兒這般心急，笑著說：「我的好女兒又迫不及待要來挖新聞了嗎？」

許芸芸噘嘴，「怎麼這麼說？我也是不想看到有人遭遇這樣的事，替他抱不平啊！」

她像是知道自己爸爸不會告訴自己，所以便沒有當場追根究柢，而是挽著父親的手往門口走，還不忘回頭朝趙予豪眨眼睛，意圖明顯，就是要他找個時間跟自己說。

趙予豪抓抓後腦勺，不知道該不該回應，結果晚上許芸芸果然打了一通語音過來，要他告訴她今天的情況。

她打電話過來的時候趙予豪正在追亞理絲的直播，沒有別的原因，就是想從他認爲最可能的地方找起。

亞理絲的直播依然非常熱情，裡頭又有一個新加入的台灣人，還有幾個看起來像是他們在當地新結交的外國人一起同歡，幾個人剛結束夜市的行程，正準備前往某間夜店。

大概是因爲她們太紅了，所以身邊有些人發現她們，便會默默地跟隨。一行人身後不時都有十幾個小尾巴，他們也不在意，甚至在買票進場的時候亞理絲還打算幫所有人都買票，把那些跟隨的粉絲嚇得一窩蜂都逃走了。

她笑著對鏡頭說了一句：「呵呵，台灣人眞的很可愛。讓我想起你今天教我的那句話，台灣最漂亮的風景是？」接著她把鏡頭轉向那個台灣人，那人明媚地笑著接話：「人。」

她大聲的用標準英國腔稱讚對方，哆德也露出寵溺的微笑，揉了揉那個台灣男孩的頭髮。

趙予豪認眞盯著亞理絲的直播，幾乎要忘記回許芸芸的話。

「喂趙予豪，你到底有沒有在聽啊？」

「有啊，妳問我怎麼會知道這麼多，是不是又看到那個受害者的靈魂了？」

「對啊，那你幹嘛不回我？」許芸芸的聲音有些失落。

「嗯，抱歉，因爲我很專注在看亞理絲有沒有什麼破綻可以抓，我專注的時候比較難做其他的事情，還是改天我再跟妳聊這個案子？」

許芸芸沉默半响，「沒關係，你專心找吧，我們改天再說。」

電話掛了以後，趙予豪的視線又再度回到直播當中。

亞理絲跟哆德對那個台灣男孩的熱情程度，就好像貓剛找到自己專屬的玩具般愛不釋手。兩人時不時都會把自己的手放在那男孩的身上，男孩的臉色微紅，笑容總是燦爛。

他想著想著，只憑直覺就把男孩的畫面截圖，然後把照片傳給許芸芸，並打下一段話：「讓妳爸幫忙找這個人的資料，有必要的話派個人保護他。」

老頭此刻並不在他身邊，他只能自己憑藉著本能行事。

他看著這個少年的臉，總是有幾分不祥的預感。

許芸芸很快地回傳一個ＯＫ的貼圖，趙予豪又把手機放下，專注地盯著直播留言區，吸了一口泡麵。

今天晚上他懶得出門，就隨便泡一碗麵吃了。

直播的留言區很精彩，有人說他們上個禮拜三也來過這間夜店，大概是很喜歡。有人追問哪一間？後來有人回覆夜店的名字。又有人想揪團一起去那間夜店朝聖，問亞理絲下次可不可以跟粉絲一起。

大方的亞理絲一看到這個留言，立刻就點頭說好。

酒精經過她的嗓子，把她柔美的嗓子燒得帶著一絲沙啞。

她性感的英國腔透過手機喇叭持續播送，「寶貝們，當然沒問題！我一直到這個月底都會待在台灣，還有兩周的時間。下週三我們辦個台灣粉絲見面會如何？你們將有機會，近距離和我一起玩喔！」

哆德在旁邊笑她喝醉了，並且搶過手機說道：「不要相信她，下周三她肯定會排其他節目，沒人會在這裡，不要相信她！」

兩人爲了搶手機笑成一團，幾個外國人也配合地笑出聲。

接著有人提議下去跳舞。亞理絲興致高昂，和哆德拉著剛認識的台灣男孩就往舞池衝。場面一度混亂，但他仍舊享受地跟著音樂節奏搖頭甩腦，好不快樂。

忽然一個問題吸引了趙予豪的注意。

提問的問題很短，就僅僅寫著：SEIRA ROOM?

那問題亞理絲似乎有看到，停頓了一下，她忽然掩嘴笑得誇張，滑動手機，不到幾秒那則提問就被刪除了。

那既不是這間夜店的名字，也和亞理絲沒有關係，更像是一個頻道的名稱，或者某個只有少數人知道的詞彙。

趙予豪安靜地抓出自己的筆記本，寫下 SEIRA ROOM 這個詞。

他寫完以後剛好看到亞理絲跟哆德在咬耳朵，兩人笑起來的樣子實在瘋癲，結果沒幾秒鐘她就宣布直播到此為止，接下來她想盡情地玩。

「SEE YOU BAE～I LOVE YOU GUYS，嗯嘛！」亞理絲對著鏡頭放送了一個香吻，接著畫面消失。

於是趙予豪又在那頁筆記本寫上那間夜店的名字，還有現在的這個時間。如果沒有意外，亞理絲應該是還沒離開。

接著他動手搜尋了 SEIRA ROOM，結果只跳出一些無關緊要的房間圖片，或者布置圖。影片的話只有一個，而且標題是亂碼，和房間等東西根本無關，但由於夠奇怪，所以趙予豪還是點進了那則影片。

那不是 YOUTUBE 連結，而是一個匿名論壇，論壇裡的匿名發言人只是開了一個頁面，然後在裡面上傳了一個影片。

他點進去想要看能不能發現更多相關影片，卻失望地發現上傳的帳號只有這一支影片，影片也關閉留言。他又轉回去那個論壇。

影片長度十分鐘，開頭前面三分鐘都只是一片黑色；趙予豪疑惑地皺眉，將畫面往下拉，論壇的留言也是寥寥無幾。有一個提到暗網之類的詞，另一個全黑的頭像留了一句：SEIRA ROOM？

和直播時的留言一模一樣的問句，卻讓趙予豪的眉頭更深地皺了起來。

ＰＯ這影片的人倒是什麼都沒說。留言時間以及這個畫面都已經是五年前了。

再拉回來的時候畫面裡已經有人了，四五個戴著黑色笑臉面具的人，穿著都是全身黑的長袖長褲，正在將一個穿著白色襯衫的人固定在椅子上。

受害者被蒙上眼睛，渾身脫力一樣想掙扎又沒有力氣，但他緊抿著嘴唇雙手握拳，臉色泛紅，情緒似乎很低落，嘴巴嗚嗚嗚地叫，反抗力度卻不大。

裡面有兩個金色頭髮，一個棕色頭髮，一個黑髮和一個紅髮。

畫面的主要人物似乎是其中一個金髮，他站在旁邊手舞足蹈，不時興奮地大笑，那快樂的畫面不知道是不是因爲他腦子裡有亞理絲的影子，怎麼看影片裡那個帶頭的金髮人物都是亞理絲。

哆德是深棕色的頭髮，裡面唯一的棕髮有些淺了，但影片也許有調整過顏色，所以姑且不論。

這個影片是節錄的片段，只播到他們將人綁起來，一個人忍不住掐斷了受害者的小拇指，引得受害人尖叫，被金髮指揮者制止，然後影片就在此中斷。

趙予豪……。

這件事難道跟暗網有關？

於是趙予豪又在自己的筆記本裡，SEIRA ROOM 旁邊寫下暗網兩個字。

他都寫好以後老頭忽然出現在他的右手邊，「小子啊，你寫這些東西是什麼意思？」

趙予豪對老人笑道：「老頭，這次的案子沒有我你肯定是辦不了了。」

「爲何？」

「你知道什麼是暗網嗎？夜店你懂嗎？」趙予豪似笑非笑地看著老人問。

老人的回應是給他一個冷眼。如果他還活著恐怕就會給他的頭一爆栗。

「所以你小子現在囂張了，知道兩個詞屁股就撅上天了是不是？」

「不敢不敢，但是知道這個東西，我想後面情況就好辦了。」

「怎麼說？」

「暗網是近乎充斥著非法的網域，依照她們倆狂妄的程度，也許我們能夠找到方法進去，就能找到更多證據！」

「那你現在快點進去啊！」老人著急地說。

「那又不是說進去就能進去的，我總是要找個厲害的人才有辦法嘛！」趙予豪還正苦惱著，忽然靈光一閃。

他記得一個博士班的前輩，似乎說過他之前學的是資訊工程，也有提到駭客相關的內容，喝醉時候講的，他有些記不清楚了，但現在他和那個學長偶爾還會聯繫，如果拜託他幫忙應該還叫得動？

思及此，他很快翻出自己的通訊錄，找到那個還在念博士的前輩，並且傳達希望和他見面吃飯聊天的訊息。

對方很快就回了，但是因為他正在準備論文拚畢業，要喬到時間很不容易。

於是趙予豪更是在已經確定畢業以後，又特別為了這件事回到實驗室。

所幸他的那張卡還沒有被取消，進出還可以使用。直達最高的七樓，裡面還是和以前一樣並不熱鬧，大家都安靜地在各自的實驗室做報告跟研究，而趙予豪則是逕直走進博士生的實驗空間。

現在鄰近休息時間，整個實驗室就只有他一個人。

「學長。」

他一進門就咧開笑容，而他的學長——周里成則坐在最裡面的座位，埋頭似乎正在打報告，聽到趙予豪的聲音抬頭朝他一笑。

「趙予豪，好久不見。」周里成臉上的黑眼圈明顯，看起來萬年沒睡飽的樣子，卻是趙予豪從碩班就看到現在的標配。

「哪有，是你太忙了啦！」他客套客套兩句，周里成也沒有多說什麼，直接切入主題：「你這麼急著找我是什麼事？」

趙予豪便順著話題開口問他關於暗網的事情。

「你有事情需要到暗網查證？那裡不是你想查東西就可以查的地方，弄得不好是會神不知鬼不覺地被——你知道。」他動手做了一個抹脖子的動作。

「我知道，之前聽過你說暗網不要隨便進去，對網路不熟的人進去根本就是小白兔進到滿是野獸的森林，等死。」

周里成點點頭，「嗯，你知道就好。所以你希望我幫你登進去找個東西，是嗎？方便告訴我你想找什麼嗎？畢竟這有風險，不是我說幫就能幫的。」

趙予豪明白他們僅只一般交情，人家犯不著爲他出生入死，所以還是很認眞地簡單說了他想做什麼，並拿出昨天抄好的紙條給周里成看。

沒想到周里成沉默了兩分鐘以後，拒絕了。

「如果這個案子和你說的那個 ROOM 有關，我相信是。暗網裡可以做各種你想不到的交易，買到任何你想要又不敢開口的東西。你說的那個直播主，很可能在明網跟暗網做的事情差不多，只是直播的東西不一樣。」明網直播快樂吸引觀眾，暗網直播虐殺吸引觀眾。「如果你抱著這樣的想法進去暗網，也許可以找到答案，但你要知道一件事，在那種網站裡面敢開那種小房間的人，不是瘋子就是故意找死，再不然就是高手。他們顯然不是故意找死的人，而且已經活躍很久，那麼，不論對方是瘋子還是高手，我們都沒有辦法應對。」

雖然被拒絕了，但趙予豪並不失望，也許因為他熟知周里成的個性，是個做什麼都要百分百有把握的人，而且周里成從以前就是一個溫柔的人，趙予豪剛進碩班，剛好實驗室座位就被分配在周里成的隔壁，即使他不是他的直屬，周里成也幫了他不少忙，所以趙予豪對他的話還是相當信任。

即使這條路行不通，他還是可以想其他辦法。

從剛剛開始老人就一直跟在趙予豪身邊，看著他從拜託到被拒絕，從頭到尾都沒多說什麼。

兩人一起走出實驗室。

「老頭，你怎麼都不講話啊？」

老人瞥他一眼，「哼，你不是說我不懂，別講話，看你表演就行嗎？」

「我說是這麼說，你看到我被拒絕了倒是安慰一下我啊。」

「我不要，我就等著你持續膨脹，直到飛上天。」

趙予豪……。

他是徹底沒有辦法了，既然無法先去看看亞理絲在暗網都賣些什麼藥，那就只能等時間到了，去夜店裡會會她。

本來他想嘗試自己進入暗網，但是想到剛剛離開實驗室前周里成特別交代他，要他答應不會輕易登入暗網查那些資料，他就還是乖乖聽話了。

畢竟周里成說，暗網可怕的地方就在於，他登入找資料的那幾分鐘之間，可能就會被人鎖定。

這也是爲什麼周里成不幫忙的原因之一：那裡頭太多見不得光的變態了，一山還有一山高，如果趙予豪正巧要查的那個人是瘋子或是高手，會在偵測到趙予豪調查他不利資料的瞬間，就反偵測到他。

何況趙予豪要調查的還不是什麼失蹤案，而是虐殺案，那種變態可不貟的這麼好惹，是高手的可能性更高。

所以趙予豪只能自己親自過去找人「聊聊」，順便讓老頭自己判斷了。

週三當天下午，趙予豪搭著客運從c市前往p市，想趕在夜店開門之前先去守著，老頭就這麼自覺地出現在他身邊。

雖然一開始的時候覺得老頭很可怕，但後來不知不覺地，趙予豪也不再害怕他，反而有些習慣身邊有一個總是望著窗外的智者，無聊的時候還可以跟他扯點屁話。

「喂老頭，你以前也是在做這種偵探工作的人嗎？」趙予豪因為無聊，耳朵又因為長時間聽歌很痛，就開始找老人閒聊。

「不是，我是個賣雜貨開小舖子的商人。」

趙予豪驚訝了，「蛤？那為什麼你感覺很厲害啊？」

老人看著他笑了一下，「那是因為你菜，襯得我厲害。」

「你還能不能友善的聊天了？」趙予豪白眼。

「我記得之前跟你說過，我的偶像就是當時很有名的警探，史文之。」

「嗯。」

「他是救了我全家名譽的重要人物，如果當時沒有他找到關鍵線索破案，那麼我的家人都會死不瞑目。因為他堅持到底要把犯人找出來，否則在那個權勢大於一切的年代，有點錢就能胡作非為，我們這些老百姓還不被那些人掐著去死啊。」

趙予豪沉默地聽著。

「所以那時候我就發誓，將來也要成為像史文之那樣可以找到眞相的人。為了這個，我翻遍了那時候的報紙，了許多功課，卻一直遲遲都見不到他。」

「你想幹什麼？」

「嘿嘿，拜師！」

趙予豪看著老人那頑皮的微笑，也跟著笑了。

老人繼續說：「我家人當年因爲一樁利益牽扯，都死於非命了，他破了我家這樁冤案後塞給我幾百塊錢。幾百塊錢啊，那可是當時一個窮苦人整個月的薪俸。他讓我好好安葬家裡的人。從那時起我就下定決心，一定要跟著他。那時候苦啊，資訊不發達，他在哪裡我也不知道，時常就是蹲在他可能出現的派出所，一蹲就是一天，生意全交給一個夥計顧，我整天就追在史文之屁股後面跑。結果有一天終於堵到了，但是他拒絕了我，那之後我就一直到死也沒再見過他了。」

「爲什麼？」

「他再怎麼厲害也是個凡人，凡人血肉之軀，擋不過利益的牽扯，最後被更高層的人謀害死了。」老人垂著頭解釋。「好人不該如此結束他的性命，我發誓要替他找到線索報仇，給那些人一點顏色瞧瞧。」

老人的目光堅定，趙予豪不知道爲什麼，就覺得後來的故事不好，便將目光轉到窗外。

「你想啊，一個能讓史文之這麼厲害最後都認敗赴死的人，我又怎麼會打得過呢？最後當然也是失敗了。可恨啊，最後還是沒能幫到他哪怕一點，我就跟在他身後，走向了黃泉路。」

趙予豪：……。

「你那朋友建議你是對的，不要莽撞，要有點腦子。我這一生啊，死的時候才知道，最大的遺憾不是因爲幫他搞得自己丟掉性命，而是沒能待在史文之左右，當他的左膀右臂、小跟班、學徒：什麼稱號都好！死了以後一直有這執念，走不了。好險啊，我在這鬼生路上遇到一個厲害的朋友，他告訴我，其實我和史文之百年後還有個緣分，如果把握得好，可以得償所願。」老人的聲音逐漸激動。

「什麼緣分？」

老人聽到趙予豪的問題卻沒有直接回答，笑問：「你小子，問這麼多幹什麼？眞相是能吃還是能養活你啊？小心好奇心殺死貓，毒死你！」

趙予豪對老人每次都要講這種奇怪的笑話已經免疫了，反正老人說完都會自己笑，他也就不用接話了。

「史大人救我全家，這大恩必報，放心吧，我定不會愧對他，一定會把他引到正途上的！」

趙予豪：？？？

「老頭，其實你說到這裡我聽不懂，你要不要跟我說說你現在講到哪了？」

老人聽聞只是哈哈大笑，也不回答，趙予豪摸摸鼻子，看著車漸漸駛下交流道，應該是快到站了。

兩人最後沒有再交流過去的事，到站後一同下了車。

他們到達夜店的時候外面沒有多少人，大部分在場的人幾乎都是衝著亞理絲來的。

趙予豪站在路邊的街道上，就怕錯過亞理絲的進場時間，才想著要不要去買票的時候，老頭忽然說：「走吧，今天那小妞是不會來這裡了。」

趙予豪：？？？

「她沒發文啊。」

「沒事，也不遠，就離這裡幾條街。」

老頭說得很簡單，接著便揹著手帶著趙予豪穿梭在小巷間，趙予豪看他那篤定的樣子就信了。

直到過了三十分鐘還沒到，趙予豪才有些不耐煩：「老頭，你剛剛不是說不遠？」

他此時也不管別人看他是不是瘋子了，他就是要憤怒，就是要嘶吼，誰叫這老頭講沒幾句話就騙人！

「我沒騙你啊，在我那個年代，走沒三小時的路都算近的了，有什麼好騙的？」

失敬，原來是時代的差異。

他這個年代，走路十分鐘不會到都很遠好嗎！

想到這他氣得不行，「到底還有多久？你先講一個大概的時間，超過三十分鐘的話我叫計程車！」

老頭認眞地想了想，「沒超過，如果你腳程快一點的話，她現在應該也在門口了。」

結果這間夜店和他們原本目的地的夜店竟然隔了五公里，很顯然，趙予豪還是晚了一步。他給自己的理由是剛剛就已經走超過三十分鐘，再來三十分鐘他腿吃不消，索性就放棄治療直接慢慢走。

人到現場時錯過排隊人潮，裡面的音樂已經震耳欲聾在暖場了。

趙予豪因爲是自己一個人，又打扮得像個普通學生，進場的人似乎對他有些不屑，問了很多問題，最後他說自己是來看亞理絲的，門口的人才放行。

還沒走進去他就聽到外面的其中一人說：「現在的粉絲還眞瘋狂，人才剛進去就追上來了。」

趙予豪……。

「別在意，你也沒說謊，你確實就是因爲那小妞來這裡的啊。都走了一個小時了，能找到人就好啦！」老人安慰他。

這是趙予豪第一次來到夜店。這間開在地下室，有一條短短向下蜿蜒的樓梯，此刻樓梯兩旁都站了幾批人，他們自顧自地聊天，只有對上眼才會對趙予豪笑一下。

「喂你看，他自己來耶。我的菜。」其中一個女人說。

接著後面一道妖豔的聲音喊著：「要不要跟我們玩啊？」

趙予豪都當沒聽到，用最快的速度下樓，融入了一片吵雜的人群。

樓下音樂聲震耳欲聾，但有一群人的表現看起來比音樂還要嗨。趙予豪甚至都不用想，就知道那群人大概就是亞理絲一行。

才剛找到一個位置坐下，立刻就有服務生上前詢問要喝什麼。趙予豪思考了一下，打算先買看起來價位最低的一瓶啤酒。

服務生鄙視他只點啤酒，推薦貴的調酒或烈酒他都不聽，而且還只點一瓶，但他視線始終都落在亞理絲身上。

服務生最後翻個白眼摸摸鼻子走了。

不一會兒一瓶啤酒送上來，含服務費收了五百，趙予豪眼神忍不住從亞理絲身上拉回來，盯著那個服務生，表情像是在問他要不要聽看看自己在說什麼？

但後來又想，也許不懂的是自己，於是煩躁地拿出五百塊塞到服務生手裡。老人在一旁捧腹大笑。

「媽的，騙我沒買過啤酒啊？」趙予豪對著老人抱怨。

老頭光顧著笑不說話，趙予豪只能悶悶地自己開啤酒來喝，要再從舞池裡找亞理絲的身影時已經找不到了，他暗自罵了聲髒話。

因為焦慮，他忍不住伸長脖子往周圍查看，一回神，他發現亞理絲就坐在離他不遠的桌子，而且面向著他。

對到眼的當下亞理絲妖媚地微笑，並且舉杯朝他敬了一下。

這一下讓趙予豪的大腦嗡一聲，他甚至笑不出來，只是舉杯朝著她也回敬了一下。亞理絲的頭一歪，看起來像是很專心在聽旁邊的人說什麼的樣子。

「老頭，我怎麼感覺被發現了？」

「你怎麼不擔心你是被看上了？」老人一臉興致盎然地看著舞池中熱舞的身體，一副自己也想跟著下去扭兩下的模樣。

趙予豪一臉驚恐地看著老人。

他沒意識到的是，他身邊根本一個人也沒有，他忽然這樣往旁邊看，讓一直注意他的亞理絲，眼底閃爍著瘋狂的笑容。她沒想到趙予豪可能是看到鬼，她只想他是不是一個瘋子，居然一副看到旁邊有蟑螂的樣子。

她可是很喜歡瘋子這種生物的。

哆德過來她身邊，說包廂裡有些事情需要她處理，她滿眼可惜地看向趙予豪，哆德也注意到了，她也朝趙予豪看了一眼，但沒多在意就拉著亞理絲離開。

原本座位上的亞理絲粉絲們露出依依不捨的樣子，幾人甚至擁抱以及稍微拉扯了她許久，最後亞理絲才終於如願離開。

趙予豪因為老人的話不敢繼續光明正大地看她，怕她以為他對她也有意思。

「你怎麼回事？還不轉回來的話，人走了，再不看要消失囉。」老頭似乎都知道他在幹嘛，在亞理絲轉進去之前提醒趙予豪，趙予豪連忙回頭，剛好看到亞理絲的衣襬消失在右後方最裡面的包廂門口。

趙予豪腦中極快的思考著該不該走過去看看？但那裡的位置太偏遠，廁所在另外一邊，直接走過去肯定就是自投羅網。

「有什麼關係？」老人忽然認真的道，「老夫送你幾個字，門前溜躂有事哈哈。被抓到就哈哈兩聲的事，真的撐不住，抵死不從！」

趙予豪：……。

「我要是真的聽你的，搞不好死無全屍。」

「不會，老夫保你平安無災，萬事如意。」

就算老人這樣保證，他還是不敢答應。想到剛剛亞理絲那饒有興味的眼神，他後知後覺的抖了一下。

這時夜店裡忽然換了一首節奏比較激烈的歌，台上人影開始穿梭，接著一個人拿起麥克風，表示今天的熱門活動要開始了。

隨著主持人和音樂變換，趙予豪一直注意的那扇門又再度打開，亞理絲帶頭從裡面走出來，見趙予豪還坐在那個位置，忽然伸手朝他勾勾手指。

他倒是完全不想理會亞理絲的邀請，只專注地在她們那群人裡找那個台灣男孩。

此刻她們那群人已經有些躁動，氣氛非常活躍，邊走邊大聲亂叫，似乎想要炒熱現場氣氛。人群中有些新進來的人發現亞理絲，也跟著興奮亂叫。

氣氛逐漸狂熱。

在幾人行進間，趙予豪終於看見那個幾乎是被架著走的台灣男孩。根據前幾天許局長提供的的情報，他叫蘇凡恩，還是個小大一，剛剛在包廂內也不知道經歷了什麼，此刻腳步虛浮，一臉憨笑，試圖想要跟著人群一起嗨，看起來卻有些無力。

無力是趙予豪那天看見屍體後做出的猜想，現在看著蘇凡恩的樣子，他直覺今天晚上或者明天，蘇凡恩大概就會成爲下一個死在沙灘上的屍體了。

他飛快地拿出手機想跟許芸芸對一下資料，讓她提醒她爸，蘇凡恩現在的狀態很不對，今晚或明晚可能會出事，結果手機拿出來居然沒有訊號。

此時的他注意到手機上有個 ARIES 名稱的免費 WIFI。趙予豪疑惑，這不會是亞理絲的 WIFI 吧？他順手點了進去。

下一秒哆德忽然躍上台，拿過主持人的麥克風說：「大家好，我是哆德！」

底下觀眾因爲她的上台一陣歡呼，她比出一個下壓的手勢，讓大家的音量下降，「我知道現在大家都很嗨，有沒有人想要更嗨一點啊？」

底下的人群鼓動，紛紛表示還要還要。

「我和亞理絲現在想在這裡跟人家玩個遊戲，爲了要保持遊戲的專注，現場我們布置了一個訊號屏障！就是要逼你們這些小乖乖，逃不出我們的手掌心！」哆德說著還比出一個噁心的掌握手勢，底下人捧場地大笑。「開個玩笑，遊戲結束以後就會把訊號還給你們，大家不要焦慮，也不要上來打我啊，我很怕痛的嗚嗚。」

眾人見她眞的摩娑著自己的手臂，看起來像被打過一樣，又紛紛被惹笑了。

趙予豪卻完全笑不出來。他放下手機，眼神盯著台上那幾個笑鬧的外國人。

旁邊看起來像工作人員的一群人居然配合她們，要求大家先暫時放下手機，眞的有使用手機的需求可以先到樓上。

幾乎沒人出去，更多的人放下手機以後，大抵是覺得好玩，起身走向台前跟著群眾歡呼。

接下來哆德宣布遊戲規則，那就是兩人一組要進行貼貼，貼的時候會跟大家一起玩遊戲，期待大家找到今晚的曖昧對象，有個浪漫的夜晚。

還沒講到怎麼玩遊戲，本來趙予豪的視線還有意無意的跟著蘇凡恩，忽然一個人影擋在他面前，趙予豪不由得抬頭看向她的臉——亞理絲。

「嗨。」亞理絲率先打招呼，笑容裡滿是溫暖和熱情，整個人即使在昏暗的室內都顯得閃閃發光。

是天使。這是趙予豪第一次近距離看這個人的第一想法，但很快他就在內心賞了自己二十個巴掌。

媽的，她可能是殺人狂啊！

亞理絲的面容近看之下有些過於美豔了，雖然他在看直播的時候就有這樣的感覺，但真人的美豔感大概是影片的幾十倍。第一次見到從影片裡走出來的真人，趙予豪感覺心臟有些不可控地收縮。

「嗨。」他幾秒鐘後才回應。

亞理絲的笑容更燦爛了，那在畫面裡就讓人酥爛半邊耳朵的英國腔直奔他耳膜：「我注意到你似乎也很想跟我們一起玩。一個人嗎？」

的確，他的視線一直都在幾個人之間流轉。

「對。」鬼使神差的，他居然這樣回答，剛剛那怕死的模樣都丟到腦後去了。

「一起玩新遊戲？」亞理絲忽然探身上前，微微偏頭盯著趙予豪的眼睛，似乎想要從他眼裡看出些火花來。

「跟妳嗎？」趙予豪用他的美式英文回應。

「當然。」亞理絲伸手握住他的手，微微用力將他拉下座位。

趙予豪觀察著亞理絲的手臂，順便觀察亞理絲的身材。眼前這人穿著米白色的細肩帶背心配深藍色牛仔短裙，曲線很苗條，比她給人的感覺還要柔弱。這種身材的人要粗暴地拖動蘇凡恩？

嗯，她做得到嗎？

亞理絲那白皙又纖細的手臂上有些不仔細看不會發現的細細疤痕，與那如藝術品般的手臂形成強烈的反差。抓著他的手掌也略有些傷疤，和她美麗的面容一點也不相襯。

她將趙予豪帶到舞池中央，一開始把重點放在亞理絲身上的人都注意到了趙予豪，並且用曖昧的目光打量他們。

剛剛趙予豪太專注在觀察眼前這人的身材適不適合作案，根本沒聽到她們說遊戲要怎麼進行。亞理絲主動貼到他身上的時候，他忍不住掙扎了一秒，直到對上亞理絲怪異的眼神才停止掙扎。

「不是要一起玩嗎？」亞理絲好奇的聲音傳來。

「……我不知道要這樣玩。」

「你緊張嗎？別緊張，有我，都交給我就好了。」接著她附上趙予豪的耳朵說道：「遊戲規則是我訂的，你配合我就行。」

接著趙予豪就像個紙娃娃一樣乖乖的配合亞理絲，做出各種對他來講親密到有些過分的動作。雖然知道眼前這位可能是連環殺人狂而心裡有些排斥，但擋不住亞理絲太過妖豔的外表，好幾次他真的差點忍不住要對亞理絲抱下去，連老人都看不下去，在他耳邊提醒道：

「小子別精蟲衝腦了，想想你女友，等打聽到我們該聽的消息，到時候跑就對了！」

趙予豪聽話地看著亞理絲，想像亞理絲是……完蛋了，他沒有女朋友。

老人扶額，「許芸芸，許家丫頭，你老婆！你想她就好了！」

這畫面好像更加彆扭了。

「Chill BAE（放輕鬆寶貝）。」亞理絲持續在趙予豪耳邊放送她的聲音，刻意酥柔的嗓子有意無意地勾引著趙予豪。

趙予豪內心的獸性又奔出來了，老人試圖關閉趙予豪心底的柵欄，但隨著亞理絲在他身上刺激的點越多，趙予豪內心的獸性就猶如猛獸即將出閘，又硬生生被老人壓制！

「想想案情！想想現在被困在中間的那孩子！想想你還要把她拉下神壇破案！」老人仗著自己的聲音沒人聽到，扯著公鴨嗓呱呱呱的在趙予豪耳邊亂喊，適時的讓他不要在意亞理絲刻意挑逗他的聲音。

趙予豪閉上眼睛不再看亞理絲，但那只是讓亞理絲在他身上的「遊戲」更加放肆。

他們一起完成了幾個比較艱難的互動，現場的氣氛因爲這些曖昧的氛圍嗨翻天，趙予豪卻抿著唇，使勁壓抑自己想逃的衝動。與此同時，他也離蘇凡恩越來越近了。

一開始明明是和亞理絲較好的蘇凡恩，此刻不知道爲什麼掛在另一個妖媚的外國女子身上。他幾乎是被那女子帶著跑完遊戲，兩人情到正濃時，妖媚女抓著蘇凡恩的頭壓下一個重吻，激烈的輾轉使得蘇凡恩渾身癱軟，忍不住也跟著抱住妖媚女，想以此穩住自己的身體不要軟倒。

趙予豪見狀瞪大眼睛，亞理絲好奇地看著他，順著他的視線看到擁吻的兩人。

「你也想要嗎？」因著夜店的環境太過吵雜，亞理絲只能貼著趙予豪的耳朵說話，趙予豪猛然回頭，兩人的唇瓣輕輕擦過。

亞理絲先是意外地挑眉，隨後曖昧一笑。

「你叫什麼名字？」亞理絲問。

趙予豪皺眉，「柏拉圖？」

這個回答徹底愉悅到亞理絲，她眼神閃爍著興奮的光芒，「原來是老師。老師，要不要跟我去後面的小房間？」亞理絲突然說，「我不想玩遊戲了，那裡面有比這裡更好玩的東西。更重要的是，裡面現在沒人。」

趙予豪：……。

「老頭怎麼辦？她現在約我開房間了！我剛剛到底做了什麼愉悅到她了嗎？」

「去！你放心，那裡只有她一個，如果到時候出了什麼事，我幫你嚇她！」

趙予豪眼神瞥向不可靠的老人，「你要幹嘛？扮鬼嚇她？物理超渡她？先講好我再決定！」

「我幫你嚇嚇她，包準屁滾尿流！」

看到老人信誓旦旦地保證，趙予豪還是答應了。

因爲他很好奇，那個小房間裡面有什麼東西這麼好玩，可以讓蘇凡恩軟成這樣任人亂來？

趙予豪邊走邊跟老人溝通，「如果到時候她什麼都不給我看，直接把我壓在沙發上，你就直接嚇她。」

「知道了。」

「她如果親我，你也嚇她。」

「沒問題。」

「她如果抱我……」

「你更應該思考的是，如果她要餵你吃什麼，你還沒看清楚她就塞你嘴裡，你該怎麼辦？」

也不知道是不是謎片看多了，趙予豪瞬間想到的畫面實在有點兒少不宜。

「你奶奶的，男子氣概給我拿出來！什麼不良的玩意兒也敢往腦子裡塞，你噁心死了！再想下去我走了啊！」老人倏然跳起，在空中朝著趙予豪的頭一掌巴下，但終究碰不到趙予豪，只能自己氣噗噗的，轉頭拒絕再看趙予豪。

別說老人了，趙予豪自己也覺得畫面有些毋湯。

好險眞的小心翼翼踏進去以後，亞理絲沒有像他擔心的那樣對他，反而安靜地坐在一旁的椅子上，拿出一台電腦正在輸入些什麼。

這個包廂內散落著菸蒂、酒瓶以及好幾瓶擺在桌上的香檳。燈光微暗，但暖黃的燈光襯得人更顯親和。沒有毒品之類的東西，空氣中除了菸味也沒有其他特殊的味道，這點讓趙予豪皺起眉頭。

「過來坐啊，站著幹什麼？放輕鬆。」

這裡已經不需要像外面那樣靠在彼此耳邊說話了，外面隱約能聽見此起彼落的歡呼，而亞理絲進來以後就獨自用著電腦，幾乎沒怎麼跟趙予豪說話。

幾分鐘後她帶著歉意的聲音傳來：「不好意思，我是工作狂，每次一忙於公事就會忘記身邊有人。很無聊吧？要不要喝點什麼？香檳？」

說完她就要幫趙予豪倒上一點，趙予豪怎麼也不敢喝這裡的東西，露出一個微笑看著她倒酒。

「我覺得你很有趣，所以想要更深入了解你。」亞理絲忽然看向她和趙予豪的距離，「但是我覺得我們好遠。」

這句話不知道戳到老人哪個點，他站在亞理絲身後又抱著肚子笑個不停。

「就是說，你這還像個情報員嗎？不貼近一點看她在幹什麼也就算了，居然還坐這麼遠。」老人笑到不行。

「不是有你在看嗎？我就是看到你在看我才沒有過去。」

「藉口！」老人喝斥。

「你在看哪裡？」亞理絲順著他的目光看向自己身後，幾秒鐘後又問：「我從剛剛就對你很好奇了，你總是看著奇怪的地方，剛剛在外面自己坐著的時候還會突然自言自語。不是有一種說法嗎？人死後都會有靈魂，老師，你相信人死後有靈魂嗎？」

趙予豪毫不猶豫地點頭：「相信。」

「那麼我的身後，有靈魂嗎？」亞理絲眼神忽然暗下來，表情幾乎隱沒在這個房間內陰暗的區域。

趙予豪垂下眼，「我不知道，但這裡這麼熱鬧，正常應該是沒有的吧？」

「真的嗎？你確定不再看清楚一點？說不定，我身邊跟著成千上萬的鬼魂呢？」說完她靜默了一下，忽然笑了起來，「不開玩笑了，給你看一個好東西。」

她對他招招手，趙予豪慢吞吞坐到她身邊。

她將筆電的畫面稍微轉向他，那是一個黑綠色的像素畫面，裡面有個金頭髮的小人物一高一低的走路，來來回回從左走到右，又從右走回左。

「你按一下這個觸控面板。」

趙予豪不疑有他，按下面板以後，黑綠色的畫面中降下一個小人，那個小人準確地掉進了剛剛正到處遊走的金髮小人手裡，像一個公主抱的畫面。

後面蹦出幾個字，用英文寫著 ARIES ❤ PLATO 老師。

趙予豪：……。

他看向亞理絲，發現亞理絲正用火熱的表情看著他。

「這是妳做的？」

見趙予豪沒有多少熱情的表示，她聳聳肩，「嗯，平常無聊會寫幾個遊戲來玩。你不驚喜嗎？」

「妳會寫程式？」

亞理絲笑了笑，「你對這件事有興趣嗎老師？我還是個駭客喔，你有想駭誰嗎？」

順著亞理絲的問題，趙予豪自然而然的回道：「駭妳怎麼樣？我想知道妳的一切。」

亞理絲的笑容亮了亮，「這麼巧？」說完她不知道又在電腦中按了什麼，畫面裡突然出現趙予豪的大頭照，還有些基本資料。

趙予豪笑不出來了，他看著那個畫面不說話，亞理絲倒是笑得越來越燦爛。

「趙予豪？這個中文發音怎麼唸？我想學。考古學系？老師真的是個老師，我還懷疑老師是不是騙我的，沒想到是真的耶。我好崇拜老師！」說完亞理絲放下電腦，慵懶的身體像蛇一樣滑向他，他真實地感覺到危險。

剛剛到底發生什麼事？爲什麼他的資料會出現在亞理絲的電腦裡？難道是她剛剛按的那一下？

「呵呵～老師教你一件事喔，陌生的 WIFI，尤其還是夜店裡的 WIFI 可不能亂連喔！」亞理絲對著趙于豪邪媚的一笑。

該死！對方是混暗網的，我竟然犯這麼低級的錯誤，身在現在這種科技發達的現代，他第一次感覺不好。

「老頭，救我啊！」

「怎麼救？」

「你不是說要幫我嚇她！」

「像這樣嗎？」

老人的話音一落，角落裡唯二的燈泡立刻就爆掉一顆，這動作果然直接嚇到亞理絲！

亞理絲也不管什麼誘惑了，直接貼到趙予豪的懷裡，「怎麼回事？」

「沒事。」趙予豪語帶保留的說：「妳不是說剛剛看到我跟誰說話嗎？那其實的確是個鬼魂喔，我猜他應該是吃醋了，所以要嚇嚇妳，讓妳別靠我這麼近。」

「喂小子，你別亂說啊，我雖然知道你是想嚇她，但我覺得很不舒服。再說我走了啊。」老人不滿地瞪他。

「鬼魂？」亞理絲聽完一愣，接著又更加貼近過來：「我才不怕！」

外面的遊戲似乎散了，一夥人又興奮又嗨地衝進包廂，見到趙予豪在，也只是習以爲常地跟亞理絲打招呼，並沒有太當一回事。

讓趙予豪震驚的是，他沒看到那個妖媚女跟蘇凡恩！

這發現讓他有點驚慌。

同行一個女生對亞理絲報告說蘇凡恩被艾瑪還有妮亞帶走，她們先回去「住處」了。

老人的表情一臉凝重，「小子，你要快點出去！」

「怎麼出去？」

兩人還在腦內對話，只聽到女孩哈哈笑著說：「那個蘇凡忍耐不住了，剛剛好像吃太多顆『糖果』，差點失禁在妮亞腿上，她超生氣的。」

另一個女的學妮亞說話，「你尿下去就給我舔乾淨！」

一群女人呵呵地笑。

哆德似乎還在外面和其他人玩，並沒有進來，其他人繼續有一句沒一句的討論。

忽然另一個黑眼圈很重的女生湊過來看著趙予豪問，「你叫什麼名字？」

趙予豪扯出一抹笑，「柏拉圖。」

「真的假的？」所有人一聽到就瘋狂笑著問道，大家眼神飄向亞理絲，亞理絲只是笑笑點頭，「是我老師沒錯，我剛剛確認過了，妳們可都要對他客氣點。」

「哇老師你好！」女孩湊上前，恍恍惚惚地從口袋裡摸出幾顆紅黃藍綠色的小糖果，「吃糖果嗎？」

趙予豪看著女孩手中的東西，怕她反悔一把抓進手裡，「我現在想上廁所，等我一下。」

說完他就要走出門，但面前又有一個女人站出來，「上廁所帶糖果幹什麼？」

「上廁所吃糖果，不行嗎？」趙予豪用英文反問。

幾個人聞言又是一笑，「不是不行，是你能不能走出去的問題。」

「來來，廁所在這，不用出去的！」後面一個人說道。

這時候亞埋絲居然一動也不動的看著趙予豪被人包圍，眼神也帶著笑意；大夥都在等待趙予豪把糖果都吞了，或者全拿出來還給她們。

「小子啊，別怕，給她們。」老人看著趙予豪笑，「生命為重。」

趙予豪嘆口氣，有些失望自己深入賊窟還一無所獲。果斷地將口袋內所有顏色的顆粒都掏出來，交到欄在他面前的那人手上，徑直開門離開。

他抓著自己口袋內的手機直接走出夜店。

訊號一恢復，他發現周里成打了好幾通電話給他，他一愣，立刻回撥電話。

「喂？前輩，你找我？」

「之前你拜託我的那件事，我託人給你撈到一些線索。」周里成在電話內的聲音聽起來有些急，「那個人剛剛回給我說 SEIRA ROOM 剛剛又開直播了，而且這次的『處決者』一樣是台灣人！」

趙予豪的表情立刻嚴肅起來，「好，我知道了，謝謝你學長！這件事眞的太危險了，我已經確定了，對方是高手，不是胡亂玩遊戲找死的人或瘋子。爲了你的安全著想，你別再管這件事了！我會找人處理好這件事！」

說完趙予豪就急著掛電話，接著很快打給許芸芸。

許芸芸第一通沒接，第二通也沒接，趙予豪越來越著急，他不知道蘇凡恩現在怎麼樣了，剛剛他就應該先出來打電話給許芸芸，對自己這麼有自信幹什麼？要是因爲這樣損失一條人命，他眞的會自責死！

他有些慌亂地跑離這間夜店，一邊跑一邊跟老頭說話：「我就不該來這裡，什麼事情都沒做好，還平白無故留下自己的資料！我眞的是個白癡，唸到碩士有什麼屁用，還不是被當白癡一樣拐進房間裡騙資料！受害者還在我面前被帶走了！」

「這也不能全都怪你，你還只是一個新人，調查這種事情很看經驗，下次你就會知道以後什麼事情應該要先做。」老人跟在飛快奔跑的趙予豪身邊，試圖安慰他。

「下次？沒有下次！我這次連他們給我的藥丸都拿不出來！如果那個人死了、如果那個人死了……」

老人皺著眉頭，嘗試擠出一個笑，「小子啊，沉住氣，慢下來，你不還有我嗎？」

「你還敢說！你一個鬼居然比我還要沒用，你還敢說！」趙予豪語無倫次地在馬路上大吼。

「冷靜點年輕人，停下來，看看你的口袋。」老人語氣溫和，一點也沒有因爲被趙予豪大吼而生氣。

趙予豪在紅綠燈前停下腳步，眼眶紅紅的瞪著老人，最後往口袋裡一撈——一顆鮮豔的紅色「糖果」就躺在他手心裡。

「怎麼會？我剛剛明明就已經還給他們了啊！」

老人驕傲地仰頭用鼻孔看他，「我剛剛不就跟你說了嗎？你還有我，你沒有屁用就算了，我怎麼會沒有屁用呢？」

趙予豪……。

與此同時，許芸芸也打電話過來。

「趙予豪，抱歉啊，剛剛我正在忙。我爸說那個跟著他們的蘇凡恩手機訊號斷了，所以緊急調派人手前往p市，我急著要攔住我爸的車跟上去，沒注意到口袋裡電話響了。你找我有什麼事？」

緊急調派人手？p市？

「蘇凡恩！那妳爸他們現在找到蘇凡恩了嗎？」趙予豪焦急地問。

「他的手機訊號恢復一段時間以後又消失了，現在警察已鎖定一個範圍，我爸現在正在往那邊趕呢！我們來不及過去接你了，有什麼最新情況我……」

「我現在也在P市。」

「啊？」

「我現在也在P市，如果你們到了，回去之前可以順便載我一程嗎？」

趙予豪感覺自己似乎鬆了一口氣。還好，警察那邊已經有動作，沒有因爲他的耽擱釀成大禍，還好。

幾分鐘以後他的博士班直屬學長突然打電話過來，跟他說周里成有個他想要的東西要給他，會用信件的方式寄到宿舍，而且還說要趙予豪聽到消息就好，不要回電給他。

「什麼意思？」

「我也不知道，阿成是這樣跟我說的。最後還要我告訴你，這件事與你無關。」

這段詭異的傳話，讓趙予豪直到掛掉電話後都還是懵的。

「老頭，你說學長剛剛的意思是不是，有某種原因導致我和周里成學長之間的聯繫被某個人知道，所以他現在不敢直接跟我說話，而是透過代傳訊息的方式跟我聯絡？」

「我的推斷也是這樣。」

該死。

「那學長現在是不是……」

趙予豪忽然想到剛剛自己直屬說的話：最後還要我告訴你，這件事與你無關。

他感覺自己心跳有點快腦子有點亂。一開始周里成就跟他說過，如果是暗網的案子不要隨意捲入其中，他不聽勸，還以為只是現實接觸無所謂，誰知道亞理絲也許一直對人有很深的戒備，出現在身邊的人都會做一次這樣的調查。

是個變態。

他獨自坐在超商前面等著許芸芸父女倆來接，不知道從哪邊走出來兩個戴著口罩全身黑的黑衣人，走到他面前蹲下看著他，趙予豪感到奇怪，忽然那個人彎起笑眼，從口袋裡掏出一個噴霧罐，不說一句話就要朝著他的臉噴下去，好險他很快的閃開了！

本來想直接跑進店裡，但店內似乎還有很多無辜的人，他也不知道那些人是幹嘛的，只能先繞著便利商店跑給他們追。

他們有兩個，老頭擋著一個，每當那個人穿過老頭的時候都露出奇怪的表情，只有一個從始至終都跟緊他。那人見怎麼都抓不到他，開始出手攻擊，旁邊有幾個路人駐足，趙予豪立刻轉頭用英文加中文對路人大喊：「打電話叫警察，Call the police！」

兩個人聽到中文還在抓他，但當轉成英文的時候就停下來了。

趙予豪眼睛一瞇，不高興的情緒又添一層。

居然真的是外國人？難道是亞理絲那邊的人？她想幹什麼！

她又怎麼會知道他的位置？難道她在兩人接觸的這麼短時間內，居然連手機定位都抓到了嗎？

趙予豪不敢深想。

兩個黑衣人互看一眼，本來打算繼續攻擊，許芸芸正巧在這個時候搭著計程車來了。她打開窗戶正要搖手，趙予豪一看到就揮手喊著：「HEY POLICE! I'M HERE! HELP ME!」

許芸芸臉色一凝，那兩個黑衣人看都來不及看就直接跑了。

趙予豪看著那兩人的背影，果斷關掉手機後才走向許芸芸的計程車。

「怎麼回事啊？」許芸芸問。

「等等說。」

趙予豪上車後和計程車司機對看一眼，點過頭打個招呼以後計程車就繼續開了，期間兩人都沒有說話，一直到下車的時候趙予豪才對許芸芸說：「我剛剛被那個變態殺手定位了。」

許芸芸：？？？

「你來到P市就是爲了自己抓那個變態殺手？」

「怎麼可能，我看起來有這麼勇猛嗎？」趙予豪勾起一邊唇角問，許芸芸幾乎想都沒想就搖頭。他無奈，「妳賣個人情說下謊會怎樣？」

「我爸說不能騙人。」許芸芸哈哈大笑。

趙予豪不想繼續這個話題，下車後看著醫院大門，外面圍著一層層警力，「怎麼會來醫院？」

許芸芸無奈地說：「沒辦法啊，我爸說人還沒找到，附近區域都很危險，所以如果我不同意到醫院等他，那就不能跟來。」

趙予豪聽完笑了一聲，沒有多回應。

於是許芸芸改纏著他，要他說說有沒有查到什麼最新情況。

趙予豪把剛剛夜店內的見聞都告訴她了，許芸芸瞪著驚奇的眼睛問他：「所以你這麼犧牲色相的陪她，沒套到什麼話，反倒整個身家都交代了，還害到幫助你的人啊？」

就這麼直白的把他的失敗攤出來，趙予豪感到無地自容，他感覺自己好像又更白癡了一點，垂著頭不講話了。

兩人並坐無言，幾分鐘後趙予豪感覺自己一邊肩膀往下陷了些。許芸芸搭著他的肩膀說：「沒事，如果你一開始沒有跟我們說，要我們盯緊那個蘇凡恩，現在我爸他們那些警察也不能這麼快掌握位置，也許就因為這幾個小時的耽誤，一條人命又沒了呢？你做得很好，幹嘛要對自己失望？」

他靜靜地坐著沒有回應。

大概是他看上去實在太難受了，許芸芸感覺自己今晚一直在照顧他，又是幫忙買宵夜，又是幫他披外套怕他冷。

也不知道這晚的攻堅成功了沒有，就在他們等得都要睡著了的時候，遠處忽然傳來劇烈交雜的警笛聲，還有快速行駛的救護車衝進醫院。

看到這一幕的同時，趙予豪有些緊張，他急著撥開人群往救護車的方向衝，想要知道人是死是活。接著看到醫生護士們衝上來，救護車的後車門打開，一個鮮血淋漓渾身蒼白的人掛著呼吸器，被從車上輕放到擔架上，又用最快的速度送進急診室。

後頭跟著的警察全都滿臉疲憊，有的身上受傷，自己走進去急診室裡掛號，有的呆坐在旁邊。

許芸芸看著現場的慘況，焦急的想要找到自己父親；還好許建誌只是走得慢，人沒什麼事，只有臉頰一撇血痕醒目。

許建誌也不管女兒多著急，率先找到趙予豪拍拍他的肩膀，「趙同學，你這次又立了大功了，如果沒有你，這個孩子恐怕也是得死。」

趙予豪只是沉默地看著許建誌，接著從口袋裡掏出那顆被老頭藏起來的藥丸，「這是我今天到夜店裡的時候，他們想要拿給我吃的。我偷偷帶出來了，趙警官，您先拿去化驗看看這是什麼毒品吧。」

許建誌瞪大眼睛，找來另外一個警察將這粒藥丸當成證物收進夾鏈袋裡，並且寫上一些趙予豪也看不懂的數字編號。

蘇凡恩那邊的攻堅行動結果大致成功，不過雖說蘇凡恩確實救出來了，但大多數人都跑了，最後的結果，只抓到一個因爲逃跑扭到腳的男子，那人掃完護照以後，發現也是這幾天才剛入境的人。這人也正是當初想抓趙予豪的黑衣人之一，他用祕密證人的方式錄音並且經過變聲處理，成爲匿名證人。

他指證當天看到受害者蘇凡恩被從小包廂裡帶出來，並且渾身癱軟雙眼無神，表情卻一副吸毒過嗨的模樣。

警方想要去調當天夜店內的監視器，監視器也已經在沒人知道的情況下被駭客入侵修改了密碼，等到鑑識人員重破密碼時，所有的錄影也都已經被刪除。

趙予豪跟著許建誌還有許芸芸回到C市，途中許建誌接到電話，說是有人用匿名信的方式寄了一個USB到警察局。許建誌朝著後方的趙予豪看了一眼，掛完電話後就讓趙予豪跟著他回一趟警局。

原來那個USB，是周里成託人下載了亞理絲那個小房間的犯罪證據；周里成不知道哪裡請來的高手，居然不只下載了她們虐殺余昕書的過程，甚至還有她們在國外時囂張猖狂的影片。

其中有幾個影片有清楚的手臂特徵，坐實了那個蒙面的國際級連環殺手通緝犯就是亞理絲！

這非常符合她的身分，她是個環遊世界的直播主，總是環遊在世界各國，被各種旅館、旅遊景點邀約到當地拍影片。一下子在泰國，一下在香港、義大利，法國，她在那些國家也都有差不多的犯罪案例，只是裡面組織太鬆散，根本沒被查過，她就一直逍遙法外。

一個不眠夜，趙予豪幾乎因爲這件事睡了兩天的警察局。

回到宿舍的時候，才剛坐回自己的位置就傻眼了，因爲他的面前被貼了一張小紙條；紙條上寫著 1440 39 1804，配上一個明顯是唇印的深紅，接著他又四處查看，發現窗戶上也有密碼，但那不是紙條，而是用口紅寫的，深紅色的字印寫著 27004 30。

他不解這是什麼意思，老人在一旁倒是看一眼就說：「什麼古早玩意兒，跟老子玩摩斯密碼？就算是外國人的玩意兒，我在當年可也是專家！」

「我是不是要報警？」趙予豪看著那數字發呆，看著自己周圍的環境竟也開始覺得不安全。

「你這麼菜，當然要報了！」

老人總是有辦法一句話就打破複雜凝重的氣氛。

趙予豪報完警以後自己又在房間裡找了一圈，又在廁所的鏡子上發現一個。一樣是用口紅寫的，數字是2440 46 44。

趙予豪頭很痛，老人卻嗨了。鑑識人員過來的時候叫他暫時先離開這間宿舍，看是要先回老家還是去其他地方。

反正也沒事，趙予豪選擇回老家。兩天後他正在整理行李時，許建誌打電話過來跟他說了事情的後續。

亞理絲和哆德一行人，今天搭著她爸的私人飛機回英國了。許建誌很遺憾地跟他道歉，即使有這麼確切的犯罪證據，他們最後還是擋不住對方父親隻手遮天的能力。

老頭破了那些數字的密碼，沒有其他含意，認真拼起來以後就長這樣子‥see you soon bae。配著唇印的紙被警方拿去做鑑定，噁心的是親吻的不是亞理絲本人，讓趙予豪無言到狂翻白眼。

之後按照周里成的吩咐，趙予豪幾乎換了所有可能被竄改的網站密碼，還去換了一支新手機。

衝著這張紙條，趙予豪直接變成警察的重點保護對象，還有因爲他屢獲奇功，被警局頒了一個最佳市民獎。

他將那張最佳市民獎的獎狀塞進行李箱，整理好行李以後，終於踏上歸途。

第三章

趙予豪回家發懶了幾天，許芸芸這期間打過一次電話給他。兩人也沒什麼好說的，她又安慰了他幾句後兩人就沒有聯絡了。偶爾許芸芸還會傳訊息問他能不能看到鬼？

他能不能看到鬼？老頭就在一旁挖耳朵摳腳，一副無聊炸的模樣，他果斷回覆：他還是能看到鬼。

趙母因爲兒子回家的關係很開心，有事沒事就會往他房間跑，美其名是在幫忙收拾，實際上就是想跟自己兒子聊天。

她是個非常依賴小孩的媽媽。有時候趙予豪都覺得，媽媽希望他們永遠都不要長大。但長大是必然，離開也是必然，媽媽的眼神就逐漸憂鬱起來。這點，時間越長趙予豪有越深刻的感覺。

這天趙母又來他房間幫忙收拾，碰巧看到他正拿著那張最佳市民獎起來看，好奇問了一句：「你拿到最佳市民？什麼時候？怎麼都沒有跟媽媽說呢？」

趙予豪的視線還是沒離開那張獎狀，「喔，因爲我扶同一個老太太過三次馬路，被同一個義交看到，他就幫我申請這張了。」

趙母當然不信。兒子老是扯這些鬼話讓她沒有安全感，她懷疑趙予豪是有事情瞞著她，所以她跑去和趙父說明自己的擔憂。

因爲不想趙母過度擔心，趙父當天就把人叫來書房親切交流；老人在一旁翹腳坐著吃瓜，無聊但仍一臉笑咪咪，聽著趙父教訓兒子。

「你要說謊也說一個合理一點的，不要讓你媽懷疑以後又跑來問我，我可沒辦法幫你隱瞞什麼。」父子深切的交流了一番，最後趙父才語重心長的說：「你知道的啊，自從你妹妹那樣以後，你媽她就……」

「爸。」趙予豪打斷他，「不要說了。」

兩人也因爲趙予豪的強硬態度而陷入沉默。趙父嘴巴抿了又抿，似乎有什麼話想說，最後也沒說出口，只是踱步到自己的辦公桌後方，端坐在椅子上。

他兩隻手撐著額頭，沉浸在只有趙家人才知道的回憶中。

眼看趙父也沒打算再跟他說什麼，於是他簡短地回道：「爸，你說的我已經知道了，我會去跟媽解釋，讓她不要這麼擔心。如果沒什麼事的話，我先回房間了，爸晚安。」

這次父子倆個對談因爲罕見地提到妹妹，所以氣氛格外凝重。

老頭跟著趙予豪回到房間，默默無聲的望天嘆口氣。

趙家原本是一家四口的，但因爲兩年前的一場車禍，趙予豪就成了獨子了。

趙予豪的妹妹名叫趙予欣，從小到大一直是家裡的開心果，個性非常獨立自主，十八歲剛畢業就去考機車駕照，考到駕照以後第一件事，就是載著趙予豪去路上兜風。

兄妹兩人的感情很好，她交男朋友的時候有告訴趙予豪，甚至還介紹兩人認識，直到現在趙予欣過世兩年多，他和她的那個男朋友還會偶爾講兩句話。

趙予欣那個無緣的男朋友叫曾世杰，就住在他們家附近，是阿嬤獨自養大的，也是趙予欣的大學同學。因爲住得近，兩人常常會一起搭火車回家，後來沒多久他阿嬤過世，趙予欣經常因爲他一個人住去關心他，兩個人就順理成章地在一起了。

對方這幾年的生活過得還不錯，大概因爲長得也還可以，女朋友換了幾個。曾經趙予豪對他很不滿。妹妹才剛過世半年這傢伙就有了新的女朋友，而且看女方的發文，兩人已經交往了四個月。

他憤怒著找曾世杰說清楚，爲什麼妹妹才剛過世兩個月他就找新女友？曾世杰回答，因爲現在的女友看他過得太可憐了，所以說想要幫助他走出趙予欣死去的陰霾。

但於此同時曾世杰也語帶哀痛地說：她好像失敗了，因爲他還是很想趙予欣。

趙予豪本來以爲他在騙人，後來不到兩個禮拜的時間，女生卻眞的發文證實他們分手，還自拍了一張臉色憔悴，哭到眼睛紅腫的照片。

這幾年曾世杰總是發文說眞愛難尋，但還是時不時會有女人標記跟他牽手的照片，沒幾個月後又刪除。趙予豪也霧裡看花，最後懶得管就沒再多注意。

妹妹已經死了，他們一家人困死在這個局也就罷了，還想拖誰下水一起受難？難道只因爲跟他妹交往了兩年就該死嗎？

他不是這麼不理智的人，悲傷與憤怒雖未隨時間消逝，但後來和曾世杰仍能正常相處。

之前暑假趙予豪去附近叔叔的餐廳幫忙，曾世杰知道以後帶著女友過來吃飯捧場，他都還可以笑著應對。

趙予豪的書桌前掛著幾張和趙予欣合照的照片，兩人都燦爛地笑著，勾肩搭背好不快樂。趙予豪很想念他們兩個小時候，總是一起玩，一起分享食物，一起分享快樂。

「這是你那紅顏命薄的妹妹啊？」老頭的臉忽然湊上來看著趙予欣的照片，「眞是可愛，和你父親比較像，和你也像。」

趙予豪痞裡痞氣回道：「她是我妹，當然跟我們家像，難不成跟你像啊？」

老頭嘶了一長聲，「唉呦，我說你這小子啊，是不是幾天沒感受到實力的差距，你屁股又撅起來了？不長記性啊！」

「我怎麼了？就是跟你商討一下基因工程之類的事，你又有何高見了？」

老頭見趙予豪又想和他扯些幹話，他也是老神在在沒在怕的。

「虧我剛剛還因爲被你那珍之重之的兄妹之情感動，想提醒你一個，關於你妹妹死因的祕密，現在，不說啦。」老人兩手一揮，一副擺爛的姿態。

聽到老人這麼說，趙予豪皺起眉頭。

妹妹？死因？

他妹妹哪有什麼死因？就是出門找打工的路上，因爲疲勞過度車禍死亡的，這哪有什麼死因可以說？

老人聽完他的想法，嘖嘖兩聲，「虧你還自稱是最懂她最愛她的哥哥呢。假的！都是老頭我眼睛業障重啊！」

見趙予豪還是怔愣著回想以前的事，老頭張口像唱歌一樣地說：「唉呦，兇手現在還逍遙法外喔～左擁右抱好不快活，只留著你們一家人獨自傷心，你們還什麼都不知道？真是……唉，讓老頭我也不知道該怎麼說！」

趙予豪的眼睛瞇起，嚴肅說道：「老頭，你不要拿我妹的事情開玩笑！」

「你看我什麼時候跟你開過玩笑了？老頭是鬼，鬼不開玩笑。」

趙予豪：……放屁吧老頭。

見趙予豪仍用不高興的眼神看著自己，老人好心解答：「這也是我出給你最後的功課：去，就你自己，去找到那個害死你妹妹的兇手。提示一，使勁去回想，用我這段時間教你的方式去推推看，從你妹妹身上找到不合理之處。」

說完老人又在趙予豪的額前點了一下，趙予豪大腦裡出現了很多跟趙予欣相關的畫面。畫面從一開始的笑鬧，到後來她交了男朋友，她說因爲她男朋友很需要照顧，所以她想多陪陪他。

也不知道是因爲要照顧男友又要上班太累，她臉上的黑眼圈有點重，但獨立的她還是說沒關係，多睡一點就可以。

後來她某次忽然拖著行李，很認眞的說，她很愛自己現在的這任男友，所以兩個人協議想要先同居試婚，順利的話明年就想結婚了。

這段時間的趙予欣，笑容沒有了，甚至有時候笑著比哭著還難看。如果在家就都待在房間裡，他找過去還會發現她們是鎖的。他敲門總是過很久才回，聲音還有點顫抖地問他要幹嘛？她很累，正在補眠。

他還記得因爲趙予欣說要同居的表情很堅決，爸媽都不敢說太重的話反對，也想著反正人就住在附近，偶爾還是會回來的吧？結果還要三催四請她才會回來家裡一趟，而且回來還會順手拿走很多乾貨，問她是不是沒東西吃也不說。

最後是他買了燒仙草，去趙予欣打工的店探班才被告知，趙予欣在兩個禮拜前已經離職。

他又提著燒仙草去曾世杰住的地方，來應門的是穿著並沒有很得體，一件細肩帶背心和迷你短裙就來開門的趙予欣。

「妳怎麼回事？」趙予豪看到她那個樣子大怒，趙予欣只是解釋說因爲這樣穿在家裡方便。

兩人在那次有了小爭執。趙予欣想要他回去幫忙再拿些衣服過來，趙予豪要她回家自己拿，她態度強硬不願意回家，趙予豪也發怒不肯，最後趙予欣一生氣，就直接甩門不理他。情緒化，那段時間趙予欣的表現非常情緒化，好像一點點風吹草動她都可以哭出來。但身爲一個大直男的趙予豪，只是覺得自己從小顧到大的妹妹有異性沒人性，要男友不要家人，所以更加不想理會趙予欣。

想到這裡趙予豪眼眶紅了。

他很愧疚那時候的自己沒有多關心她一點，明知道她獨立又倔強，如果他姿態再放軟一點、多關心她一下，不讓她逞強自己撐著，也不至於都已經看到她這麼累還不強行把她拖回家，逼她休息。

接她遺體回家的時候，看到她蒼白的皮膚還有眼下那圈烏青，他就忍不住哭了。

所以她到底發生什麼事了？

是學校裡的人嗎？還是跟她私下有來往的人有關？

他把手機拿出來，現在上面置頂的對話框還是他跟趙予欣的對話。他翻開對話看了好久，忽然滑到她問他，知不知道早洩或是勃起功能障礙的問題。

他愣了一下，怎麼沒印象妹妹問他這個是要做什麼？

趙予豪拉開趙予欣房間的門，這裡還保持著她生前的模樣：抽屜一拉開，裡面躺著跟著她一起摔出去的那台手機，螢幕已經幾乎碎裂了，但之前明明還可以開，現在卻已經打不開了。

「你想幹什麼？」老人在一旁問。

「我要看她的對話紀錄。看有沒有什麼我不知道的朋友，或者說什麼我不知道的事。」

老人點點頭。

趙予豪把手機拿去手機行，因爲款式還很新，所以工作人員很快就幫他把手機打開了，打開後卻顯示裡面沒有 sim 卡？

「怎麼可能沒有 sim 卡？這手機從摔出去之後就沒人用過，外殼也沒有破裂，卡片應該還在裡面啊！」

工作人員也表示不知道，然而事實就是手機裡面沒有卡片。

「這支手機的設計，sim 卡是插在旁邊的，如果說撞擊的力道眞的很大的話……不是沒有可能噴出去，但是機率非常非常非常小。」

趙予豪皺著眉頭看他。現在這個人是想告訴他，雖然機率非常非常小，但事實就是噴掉了嗎？

他不想跟那人爭論，有些不爽地拿著已經開啟的手機回家。

除了自己家人以外，沒有誰會去動這支手機。他努力回想，到底還有誰碰過這支手機？

忽然一個畫面閃過腦海：趙予欣剛過世的時候，曾世杰曾經來過他們家，說想看看趙予欣生前的房間，回憶一下她。家人都沒有反對，於是曾世杰就自己坐在趙予欣的房間坐了一個多小時。

他打開門的時候看到曾世杰很快關上抽屜，然後帶著乾透的淚痕笑著喊他一聲：「哥。」

手機就放在抽屜裡，那會是曾世杰動了手機裡的卡片嗎？

他沒有證據，而且事情已經過了兩年，曾世杰大可以說他忘了。

他開始統整自己的思維。

曾世杰是趙予欣的第一個男朋友，也是跟他在一起以後，趙予欣和家裡漸行漸遠，變得很情緒化。

曾世杰對警方說趙予欣那天會出門，是因爲要工作。趙予豪反駁說趙予欣已經離職，沒有工作。曾世杰才又改口說是去找工作，他說錯了。

還有一件事是發生在趙予欣被大火燃燒的畫面，一直到燒完了，趙予豪不忍地靠過去想關心，才發現他眼神裡似乎沒幾分悲傷，眼淚不知道乾了多久，眼睛瞪得大大的，嘴角彷若微微往上，但不明顯。

他當時覺得曾世杰有點奇怪，但因爲自己難過到身心俱疲，所以沒有想太多，即使覺得奇怪還是走過去拍拍曾世杰的肩膀，兩人一起退到靈堂和父母會合。

「孩子啊，情緒，情緒很重要。因爲這對你來說是個很重要的人，又是你親自調查，如果你面對嫌疑人露出情緒的話，眞正的兇手會被你嚇跑的，結果也未必客觀。」

也是，現在就一直想著曾世杰未免太快定罪了，可如果眞的要讓他去回想，趙予欣身邊的人他最熟的就是曾世杰，想到的當然也是曾世杰。

趙予豪很快壓住自己不斷上湧的血氣，冷靜地說：「我要找到予欣不見的那張 sim 卡。」

「要去找那毛頭小子嗎？」老人問。

「對，我現在就去他家找他。」

距離晚餐時間還早，趙予豪想直接過去，但老頭想了想還是攔住他，「你衝動了。在遇到任何會讓你衝動的事情之前，記住我的話，沒什麼是連三秒鐘都等不了的，但如果你逞快那三秒鐘，可能會失去更多。」

「老頭，你別攔我！是你告訴我予欣的死有蹊蹺，爲什麼現在又攔著不讓我去！」

「我沒有不讓你去，我只是告訴你，深呼吸多想三秒。」

趙予豪和老頭對峙著，幾秒鐘後終於妥協，閉上眼睛逼自己冷靜一下。

老人在一旁引導他吸氣吐氣，他來回吸吐好幾次以後老人又問他：「還是要去嗎？」

「要！」

老人終於放行了，趙予豪走出家門跨上摩托車，往曾世杰家騎去。

他停好車後去按門鈴，裡面很久沒有回應。他又按了一次，這次門內有了一點響動。對講機有拿起話筒的聲音，接著是一個有些虛弱的女生。

「你好，如果是來找世杰，他現在不在家……」

趙予豪：……。

「妳是？」

「……我是他女朋友。」

「那他什麼時候會回來？」

趙予豪的語氣不太好，女孩用顫抖的聲音回：「我也不知道，還是你聯絡他？我也找不到他的人……」聽起來泫然欲泣。

趙予豪：？？？

忍著直接問的疑惑，趙予豪當下就點開曾世杰的對話框，撥了一通電話過去。

對方不到幾秒鐘就接聽了，趙予豪冷著臉問：「世杰？你在哪裡，我現在在你家外面。」

曾世杰聽到趙予豪正在他家安靜了幾秒，忽然很激動的說：「哥，你去我家幹嘛？」

趙予豪的眼神掃了一眼對講機，「來你家當然是找你。聽你女友說你不在家？」

當他說到女友兩個字，電話裡的曾世杰很快就坐不住了，他急吼吼的說道：「你等我幾分鐘，我現在馬上回去！」

女孩剛剛似乎一直都在聽趙予豪講電話，趙予豪掛完電話，對講機又傳來聲音：「……世杰既然要回來了，那你要先進來坐嗎？」

趙予豪想了想，說好。

門開了，站在門後的人讓趙予豪吃了一驚。

那個和他妹妹當初一模一樣的憔悴臉龐是怎麼回事？女孩怯生生的站在門後，身上的衣服也是一件很簡單的短袖加短褲，看起來特別疲憊。

如果不是他親眼看著妹妹被燒成一罈骨灰，恐怕會以爲妹妹詐死。這女人的狀態跟自己妹妹眞像。

像到他怒火一下子就被點燃。

「小子，克制！一定要克制，否則辦不成事。」老人在一旁冷靜的提醒。

趙予豪聽話穩定自己的情緒，這才和女孩點頭打招呼進到門內。

一進門他就聞到一股很淡，有點奇怪的味道。接著他走向沙發，而女孩走向廚房，不多時就倒了一杯白開水出來。

「不好意思，家裡沒買其他飲料，只有白開水。」女孩聲音發顫，腳步看起來也有點虛浮，趙予豪問道：「妳哪裡不舒服嗎？」

這問題一出，女孩瞪大眼睛，慌亂地搖頭說沒有，接著就很快地跑進廚房。很快廚房傳來抽油煙機的聲音，除了抽油煙機以外倒是很安靜。

「這間房子的隔音不太好。」趙予豪對著老頭看過去，老頭搖搖頭看向門口。

曾世杰說很快回來，果然是速度很快。趙予豪才剛進來沒幾分鐘，就聽到摩托車的聲音，停好車以後曾世杰便火速衝了進來。

「哥！」曾世杰喊著，看到趙予豪後眼神又搜索一番，最後固定在廚房。確定女人在廚房以後他似乎鬆了口氣，「嘿嘿，你怎麼突然來了啊？學校放假了嗎？」

趙予豪冷靜的觀察他，嘴上回道：「不是放假，我畢業了。」

廚房裡的女人大概是聽到曾世杰回來了，裡面開始傳來做菜的聲音。

「哦，原來是畢業了！恭喜畢業啊！」兩人一頓寒暄過後曾世杰又問：「哥你今天怎麼會突然想到我啊？」

趙予豪看了一眼廚房後說：「我已經回家幾天了，這幾天很想我妹，就打開她的書櫃想看她之前寫的日記。」

曾世杰眼神微微一閃，笑問：「予欣還會寫日記啊？我好像沒看過。」

「沒看過是正常的，她喜歡偷偷躲在自己的房間寫。」

曾世杰看著突然不講話的趙予豪問：「那哥、你來找我是因為那本日記裡面有寫到……？」

「我來是因爲那本日記忽然找不到了，她之前住過你這裡一段時間，想知道有沒有掉在你這裡？」趙予豪打斷他的話問，曾世杰似乎頓時鬆了一口氣，果斷說：「沒有，那本日記沒有在我這。」

「你怎麼能確定？」

「予欣她沒把日記拿到這裡，她在這裡拿過什麼東西我都記得的。」說完他又落寞地垂下頭，「現在也全都還記得。」

「那她有沒有其他朋友聯絡你？」

曾世杰搖搖頭，「現在大家都有各自的生活了，那時候我們形影不離，她很怕冷落我，所以我們很少和朋友外出。」

沒有朋友？聽到曾世杰這個回答，趙予豪和老頭對望了一眼。

「哥，回憶起和她的點點滴滴，我感覺又開始想她了。」

趙予豪的眼神暗了下來，判斷著曾世杰說話的眞假。

說著說著，他眼眶泛紅，幾欲落淚，趙予豪又注意到那個偷偷摸摸趴在廚房牆邊看著他們的女人。女人對到趙予豪的視線，飛快往裡面一縮。

「我和她在一起的時候總是讓她擔心，即使我奶奶留了很大一筆錢給我，她還是很擔心我吃不夠營養，怕我因爲作息不正常累壞身體。」曾世杰的聲音越來越低，「那天她說要出門的時候，如果我多關心她一點，也許她也不會跑出去，更不會出事。」

趙予豪心裡的那些怒火，稍稍被他的淚水平息了。

他其實也不能確定曾世杰的爲人，如果犯人眞的是他，那他遮掩得也太好了。

「別再想了。」他撇開臉看向窗外。

「世杰，飯煮好了，可以吃飯了。」女孩對著曾世杰微微拉高音量喊道。

曾世杰回頭看她一眼，轉頭對趙予豪問道：「哥，今天晚餐留下來一起吃嗎？」

趙予豪則問老頭，「要在這裡吃嗎？」

「不就是蹭飯嗎？有飯不蹭人笨蛋，蹭！」

「那就辛苦你女友了。」趙予豪說。

女孩忽然揚高聲音喊道，「世杰，你、你你進來幫我端盤菜好嗎？」

曾世杰一愣，對著趙予豪抱歉地笑笑，接著就收起剛剛哀傷的表情，沉著臉進到廚房。

趙予豪移動到距離廚房又更近些的餐桌邊，抽油煙機還沒關，轟轟轟的，兩人在廚房好些時間沒出來，趙予豪本來想看個手機打發時間，結果裡面忽然傳來男人有些憤怒的低吼聲：「妳有這麼急嗎？說了等會！」

女孩低低的哭聲傳來，看見廚房的人影準備出來，趙予豪又把注意力集中回手機上。

曾世杰端來一鍋飯跟一盤菜，剩下的那些都是那個女孩上齊的，三個人一邊吃飯一邊閒聊。

女孩的眼神很奇怪，越吃感覺瞳孔越渙散，曾世杰注意到趙予豪正在打量自己女友，偷看一眼發現她眼神渙散後狠狠的踢了她　腳。

女孩被驚醒。

趙予豪仍不動聲色地夾菜吃飯，和曾世杰聊著他的工作。

好不容易吃完飯，女孩的眼神像是要急哭了，一邊收拾一邊往曾世杰的方向看去，表情看起來很委屈，很怕他吃完飯就要走了一樣。

趙予豪趁著女孩把碗收到廚房，似笑非笑地打趣了一句：「你眞厲害啊，你女友看起來很愛你。」

聽到趙予豪的誇獎，曾世杰只是尷尬地笑笑，沒有回他這句話。

「世杰……」女孩的聲音突然又從廚房傳過來，尾音輕顫，「你能不能再進來幫我……切個水果。」

曾世杰的臉色忽然一秒變得煩躁，對著趙予豪又不好發作，只能耐著性子又走進廚房。

本來趙予豪想叫他不用，他要告辭了，結果人才剛走到廚房不遠，就聽到裡面曾世杰低低的吼聲傳來，「妳把褲子穿起來，這像什麼樣？還有客人在外面，妳不要臉的嗎？」

趙予豪：……。

老人和趙予豪兩人聽到都是一頓，立刻識趣地往後退，安靜得像隻貓，有什麼話等兩人出來以後再說。

「感覺有事，怪事，你一定要找個機會再把他約出來套清楚！」老人說。

趙予豪嘆口氣，他根本不想扯什麼案外案，他只想知道自己妹妹到底發生什麼事？兇手到底是不是曾世杰？其他都不想管。

「那女的怎樣都不關我的事，現在看起來不像是曾世杰，我連予欣還有哪些朋友都不清楚，哪還有時間管她。」

「誰也不知道上帝替你關一扇門後，會不會又替你開扇窗啊。」

趙予豪聽完只是閉上眼睛。

結果兩個人幾分鐘沒出來，趙予豪真的尷尬了！

「老頭，他們不會……」趙予豪此刻的表情難以言喻。

「你不要問我，雖然我是鬼，但我什麼也不知道。」老人果斷回。

這幾分鐘切個蘋果肯定也是沒問題，但是曾世杰出來的時候滿臉帶笑，手上只抓著一顆連皮都沒有削，只是被切成四瓣的蘋果。

趙予豪徹底待不下去了。

「世杰。」他站起身，「我要先回去了，過幾天找你出來喝酒，方便嗎？」

他看女孩仍待在廚房一點動靜也沒有，怕尷尬，只能先走了。

「嗯？方便啊！」他此刻看起來心情很好。「哥，如果是你約我，我隨時都有空。」

兩人約好以後趙予豪就走了，回到家的他有些煩躁。

看著置頂對話框裡面曾經和趙予欣的對話，還有儼然已經被格式化的手機，趙予豪只能無能惱怒。

「對了，電腦也可以登入帳號！」他靈機一動，說了就做，起身就去打開自己筆電。

老人翹著腿，一副就是隨趙予豪怎麼搞的樣子，但仍好心的說一句：「如果他記得要刪除手機裡的資料，帶走那張 SIM 卡，應該也會記得先刪除對話吧？」

趙予豪聽完又無奈地坐了下來。

忽然他想起那個駭客，想起周里成，於是又憑著一股衝動打電話問他，已經從手機裡面刪除的資料，能不能重新復原？

周里成很快回覆：「能啊。」

看到周里成回的訊息，趙予豪激動壞了，他很快撥通了周里成的手機說：「前輩，那我明天去打擾你！」

「你現在在哪啊？」周里成懶懶地問。

「我？我回家了，現在在等畢業。」

「那支手機能上網嗎？」趙予豪很快的嘗試連線，結果是可以。於是周里成又說，「我現在把一個木馬丟到你的信箱，你用那手機上網收信，把木馬點開就可以了。」

趙予豪：？？？

「然後會發生什麼事？」

「那個木馬會自動幫我抓取，曾經出現在那部手機裡的所有訊息。」周里成簡單地回答，趙予豪已經嚇掉了自己的三魂，恨死自己沒有那個耐心去學資訊工程。

這方法雖然可以抓取到趙予欣手機裡的資料，但有個缺點就是需要等二十四小時讓程式去跑、去下載。

坦白說他不知道能不能從趙予欣的手機裡拿到有用的訊息，如果可以當然是很好，但如果不行呢？

「老頭，你說如果最後還是什麼也沒找到，我是不是很沒用？」

「沒有誰做什麼事都順風順水的，有挫折才會更進步。好比要跳高前，總是要先屈膝，否則怎麼跳得高呀？」

道理他都懂也都會說，但關乎自己妹妹的事，他就是怎麼也過不了自己的那一關。

他渾渾噩噩地耍廢到半夜，睜著眼睛睡不著，有個預感周里成今天晚上就會給他消息。果不其然，半夜三點的時間，周里成直接打電話過來了，而且還是視訊電話。

「趙予豪，這個女生是你的什麼人？」

趙予豪愣愣地回答：「妹妹。」

周里成的表情一言難盡，「你自己看看吧。」

說完他把鏡頭轉向電腦，調整亮度好讓趙予豪可以比較方便閱讀。

復原回來的訊息很多，好在年月日乃至時分秒都非常清楚，可以讓趙予豪分辨時間，回憶那時候的趙予欣是什麼狀態。

這個對話框看起來是個群組，裡面有很多人，那些人形形色色，看起來是在做交易。賣的東西是「機票」，因為裡面提到農夫跟紙，詭異的是還有機票跟機長？但趙予豪認真看趙予欣留言的內容，看起來就不像是趙予欣會說的話。

趙予欣：我等不及要飛了　農夫不快收成嗎？

ＢＲ：急什麼　種不用時間啊

PN：七分600處理　兩位飛行員預備

趙予欣：羨慕　迫不及待

CQ：你滾一邊吧　再拿要墜機了

趙予欣：別擔心　我就怕機長不賣我機票帶我飛

PN：你小子　上次教你用法，你直接搞到天上去了　還要誰帶你飛？

幾人紛紛留言哄堂大笑。

「他們對話裡的機票……是冰毒的意思，這裡的對話通通都和冰毒有關。」周里成一邊看趙予豪一邊解釋，他最後問了一句：「你妹有在吸毒嗎？」

趙予豪果斷的答道：「不可能！」他堅決不信自己妹妹會吸毒。

但現在罪證確鑿，加入這個群組，甚至在群組講話的人都是趙予欣！這到底是怎麼回事？

她是因為吸毒所以把自己搞得這麼累嗎？

那如果趙予欣吸毒，曾世杰呢？他怎麼看起來沒什麼事？

今天在曾世杰家裡看到的那個女人狀態跟趙予欣這麼像，她不會也吸毒吧？

這世上哪有這麼巧合的事？趙予欣跟曾世杰在一起的時候吸毒，下一個跟曾世杰在一起的女人還是吸毒？共通點是曾世杰，但曾世杰卻完全置身事外，誰看了不會覺得這件事奇怪？

趙予豪又憶起那天在曾家尷尬的畫面，該不會是那女的想要找曾世杰要毒，所以才要在屋裡等他，甚至犧牲色相……趙予豪不敢想下去了。

難道曾世杰在賣毒品？可對話如果就是他代筆，那曾世杰只能是買毒的人。他買毒餵自己女友吃？還跟警察說是她太疲勞才會出車禍？

那萬一其實她是剛吸完毒，所以精神恍惚出車禍的呢？

想著想著，趙予豪的眼神倏然冰冷狠毒起來。

他讓周里成把這些資料通通傳給他以後，約了曾世杰兩天後出來喝酒。他遺傳了爸爸千杯不醉的體質，只是不愛喝。明天就算是爲了妹妹，他也不准自己倒下。

趙予豪帶著老頭到美式賣場買了兩瓶威士忌跟伏特加，還有六手啤酒、幾瓶大瓶裝果汁跟汽水回家，接著就開始調酒。

老人說要降低敵人的戒心，所以他們不能讓那傢伙看到威士忌跟伏特加的瓶子，於是把混好的酒又都倒回去汽水瓶裡。

平時他媽也會留一些汽水的空瓶當水壺使用，現在裡面的水也都被他倒光，裝進調好的酒液。保證今晚一定要讓曾世杰半倒不倒，說完以後再睡覺！

「老頭，你上次可以幫我藏糖果，這次可以幫我在關鍵時候錄音嗎？」

老人只是信誓旦旦地說：「爺爺做事啥時候讓你這小子失望了啊？交給我。」

他們約好的地點是一間營業到半夜的熱炒店，曾世杰說女人都很早睡，所以不方便在家喝，約了趙予豪在外面喝。

趙予豪知道曾世杰只要在他面前講到趙予欣都會長篇大論，所以他灌他酒，聊的也全都是趙予欣。就是要讓他越講越多，越喝越醉，最好醉到沒發現趙予豪除了剛開始的時候喝了點，剩下的時候都只是抿一口就放下杯子了。

「哥，我眞的眞的很後悔我沒有攔著她，我如果那天不讓她出去……不讓她出去就好了！」曾世杰也想閃酒，所以一開始陪著趙予豪喝啤酒，之後喝的都是汽水跟果汁，講著講著就淚流滿面，表情看起來好不可憐。

如果還不知道那個販毒群組，趙予豪肯定就會因爲他現在的「酒後吐眞情」放棄繼續調查他。但是現在？趙予豪只想再幫他倒一杯「果汁」喝。

「哥，你、嗝，爲什麼會有這麼多果汁跟汽水啊？」

趙予豪仰頭又裝作喝了口啤酒說，「你不知道這種熱炒店飲料多貴，我帶著果汁跟汽水是爲了預防口渴的時候沒有飲料喝，要買還要多花錢。」

曾世杰傻笑起來，點點頭，「有道理耶哥，你眞不虧是頂大碩士畢業生。我就沒用多了，不知道自己做什麼好，只是一直拿著奶奶的錢揮霍。」

賣慘？趙予豪一笑，拍拍曾世杰的肩膀，「你也不糟啊，不是還有一個對你這麼死心塌地的女友嗎？怎麼交到的？跟哥說說。」

曾世杰哼笑了一聲，「怎麼，哥也想交女朋友了啊？」

「課業都差不多結束了，不該交一個嗎？」說到這裡他眞的灌了一口，喝汽水一樣忍受酒氣衝上鼻腔。

曾世杰見趙予豪似乎對他這個現任女友很關心，就小小的炫耀了一下他女友的學歷。趙予豪不意外，高學歷的女人一直都是曾世杰的菜，他的妹妹不也是一個嗎？

只見曾世杰說到一些比較有心得的地方，就拉高聲音高談闊論，不怎麼樣的事情他就擺擺手不再提，可是他說的，全都不是趙予豪想要聽的重點。

他要聽曾世杰是怎麼餵這些女人吃毒的。

「你女人的學歷我不想知道，我對別人的老婆沒興趣。」趙予豪晃晃手中的啤酒瓶，佯裝酒醉的說：「我要聽的是你的馭妻術！怎麼把那些女人都治得這麼服貼，這麼乖這麼聽話？你是不是有什麼特別的祕法？可以跟我說，讓我也開開眼界啊！」

如果是還清醒的曾世杰，恐怕已經聽出異樣開始迴避，但剛剛趙予豪說話的時候曾世杰只是想，爲什麼明明都喝果汁，他頭卻越來越暈？

趙予豪講了半天，看曾世杰一直盯著果汁，怕他再看下去會睡著，動手搖了搖他。

「世杰？你醉啦？」

這句話對男人就像有一種魔力，爲了逞強都會一秒醒過來。

「我沒醉！都還沒喝到幾瓶啤酒呢，我怎麼可能會醉啊？」說沒醉是沒醉，但剛剛他根本沒聽到趙予豪說什麼：「哥你剛剛說什麼？」

趙予豪又把自己講的話又重複一遍。

曾世杰一聽又是自己擅長的領域，他樂起來，故作神祕地用斜眼看向趙予豪，「的確我還有一個重要的祕訣，是因爲你是我哥我才告訴你的。」

「什麼祕訣？」趙予豪勾唇一笑，期待他說點自己想知道的答案，結果曾世杰完全不按牌理出牌：「腰力。」

趙予豪：……。

這兩字一出，趙予豪差點當著他面翻白眼。

他又細細地說道：「我跟你說啊哥，這眞的很有差。你床上多厲害，她們下了床就有多愛你，這都是相對的！你相信我！」

趙予豪哼笑，替自己夾一口菜送進嘴裡，「你倒是很有心得。」

「當然有心得啊！哥，因爲你現在還是單身我才好奇，難道你都自己打嗎？」

趙予豪：……爲什麼話題會跑到這邊？

老人在一旁憋著笑，吃瓜看好戲。

「不然呢？」趙予豪好半天才憋出這三個字，結果換來曾世杰的嘲笑。

「哥啊，你醒醒吧，現在都幾年了，二零二三年了，女人都沒這麼保守了，我們男人保守什麼啊？下次弟弟帶你去一個好地方，讓你可以穩穩轉大人！」

趙予豪：「不用了。」

「要的要的。哥，既然你都沒有試過，那我肯定不能把我的祕密武器告訴你了，這對你來說太刺激了。」

「你說說看啊，不說怎麼知道對我來說刺不刺激？」

曾世杰聽到趙予豪這麼說，腦子裡突然湧起一些惡趣味的想法來。他想告訴趙予豪那個存放在他心裡兩年的祕密。如果趙予豪用了那個東西，事情肯定會變得更加好玩。

就著這個惡劣想法，曾世杰又灌了一大口果汁之後才說：「現在我要跟你說的就真的是祕密啊，哥可千萬千萬千萬不要說出去！」

「說吧！」趙予豪眼神微瞇起，仰頭喝了口酒，老人順勢讓趙予豪口袋裡的手機打開錄音了。

「我因為那玩意兒啊，被女人耍到叫不敢，還需要吃藥才撐得住呢！你就知道那玩意兒多猛，就沒有女人會用了之後不跪下求饒的！」曾世杰講話的音量降低，悄悄的說。

用在女人身上的？

「……是什麼？」

「春藥。」

趙予豪聽到這裡真的想嘲笑自己了。

敢情他引了半天，坐在這邊等著曾世杰告訴他，他就是用毒品控制那些女人，還自以為了不起，結果最後了不起的人是他啊！

這人怎麼有這樣源源不絕的三流話題啊？簡直刷新趙予豪的三觀！

他已經想制止曾世杰講話了，讓他如果喝醉了就抱著他的豬腦袋滾回家睡覺，別整天話題都是做愛做愛，有玩沒完！

但要他回家的話還沒說出口，曾世杰立刻就像掏寶貝一樣，把手摸進自己的袋子找尋。

「就是這個，我都隨身攜帶！」說完曾世杰從包裡掏出一瓶小罐裝的春藥。趙予豪嘲諷地看了一眼。就只那一眼，他的眼睛就黏在罐子上。

那瓶春藥的瓶身上就印著一個醒目的冰毒圖案，因爲著急，他立刻就將那瓶春藥從曾世杰的手裡搶過來，曾世杰不滿地抱怨。

「哥，這個是我的，你要的話我之後再幫你買啊！」曾世杰沒說的是他很需要它，這瓶是他僅有的存貨，如果沒有它，他可沒有把握可以控制家裡那個女人，所以一定要搶回來！

「借我看一下而已，我等一下就還你！」

老人的聲音在一旁出現：「就是這個吧？」

曾世杰感覺自己的頭越來越暈，他還想要把春藥拿回來，但趙予豪高舉著，「你把這杯再喝下去我就還給你。」

曾世杰爲了拿回春藥，仰頭就乾了那杯。

「我喝完了哥，你快還我吧，我只剩下這一瓶，之後如果還有貨我再幫你一起叫。」

「去哪叫？」

「下次，下次我再幫你叫。」曾世杰開始推拖，想要從趙予豪手中把罐子重新收回包裡。

「不然你分我一點吧？我用用看，如果好用你再幫我叫。」

曾世杰突然瞪著眼睛說：「這個你不能用，只能用在女人身上。」

趙予豪聲音沉了下去：「爲什麼？」

「這個、這個我很難跟你解釋！總之，我現在頭有點暈，我想回去了，哥你就把東西還我吧！」

「老頭，你現在有辦法弄暈他嗎？」

「我怎麼可能有辦法弄暈他？」

「想個辦法！我要拿證據去化驗！」

老人沉默了一下，曾世杰就忽然感覺自己很想上廁所，接著就起身，搖搖晃晃的自己走去廁所，並叫囂著要趙予豪在他回來的時候就要把東西還他。

「離開也可以吧？」老人笑咪咪的說。

「可以。」趙予豪笑著，跟店家要了一個包東西用的塑膠袋，打開春藥倒了一點進去；然後記好那東西的名字，就把那罐子擺在曾世杰桌前。

曾回來以後說腦子實在暈得不行想回家，隨即趙予豪就爲他叫了計程車，把人塞到車子裡，目送他離開。

幾天後，許芸芸傳訊息說她爸已經收到他寄的包裹，讓他安心等待化驗結果就行。這期間趙予豪上網查了那產品，居然是眞的有在市面上販售的春藥……他把網頁存下來，問了許芸芸她爸的電子郵件跟聯絡電話。

他可不敢把這個頁面直接貼給許芸芸看。

緊接著他開始在曾世杰的社群頁面上找他現任女友的資訊，無奈只有看到幾張模糊的合照，甚至也沒有標記。他不甘心線索就這麼斷了。

「把人家女孩子找出來之後，你想跟她說什麼？」老頭在一邊悠哉地問。

「問她想不想脫離現在的生活，去找更好的人。」

「如果她不想呢？」

趙予豪：……？

「怎麼會有人不想？」

曾世杰可是騙她吸了冰毒，而且還用那種俗濫的方式……哪個好女孩知道以後會不想脫離的？

「如果她根本不知道自己吸了毒，只以為自己是太過喜歡他，怕失去他呢？」老頭沉沉嘆口氣，「小子啊，這世界不需要太多的一廂情願。你貿然跑出去，她又不認識你，只會認為你是個怪人，萬一跑去跟那個曾世杰說，你不就曝光了嗎？她如果覺得這樣不好，早就到處求救了。事實是她很可能不知道。既然她是一個不知道的人，你所需要做的就是揭露一些訊息讓她知道，讓她自己判斷該不該求救。」

趙予豪想想也覺得有道理，「那你認為我該怎麼做？」

「讓有公信力的第三方介入，要求她以證人的方式出面提供協助。那人不能是你。」老頭沉著臉說。

趙予豪明白了老人說的話，於是點點頭，打電話到許芸芸父親所在的派出所，並和許建誌溝通這件事。

四天後許芸芸又用挖到新聞的語氣打電話給趙予豪，和趙予豪說了這件事的最新近況。

「你知道嗎？你又協助我爸，破了一個小毒窟！」

「怎麼說？」

接下來許芸芸和趙予豪說的話，瞬間讓他覺得渾身氣得發抖。

許建誌的確依著趙予豪的要求開始蒐集這個案子的資料，並且派人找到那個女孩的家，得到的結果是女孩離家出走。於是警察又以失蹤人口的名義前往曾世杰家逮人。曾世杰當時連衣服都沒穿好，更不用說那女孩了。

女孩的名字叫江婕妤，師大畢業，本來志願是想要當一個老師，沒想到不小心就捲進這件事中無法自拔。當她知道自己不知不覺已經吸毒的時候，崩潰地哭了出來。因爲她的情緒實在太崩潰了，根本無法問話，女警又替她安排了心理師，結果得到的答案也讓人非常吃驚。

醫生對江婕妤目前的情況，定義爲 Drug Addiction，藥物成癮。

她很單純，即使感覺非常不舒服，也不會想要出去外面藉由別人滿足自己的性慾，只會單純的找曾世杰，導致她以爲自己沒有曾世杰不行。行爲上就會一直想要待在曾世杰身邊，父母反對引得她不滿，於是爲此不惜離家出走。

曾世杰前幾天被抓了，他們所使用的群組，裡面的人都是分散開的，被警察放進去的人頭一個一個套到位置，各個擊破。有的在國外抓不到，也被下了通緝令，但是在國內的幾個都被一網打盡。

破獲的幾個毒窟中，警察搜到的一些冰毒成品、半成品有三公斤之多，其中還有被大量買進要改良的春藥。

他們的方式是往原本就含有冰毒成分的春藥裡面，摻進劑量加重且更純的冰毒。春藥是許多情侶親密時會正常使用的東西，所以沒人覺得這東西會可能有問題，而且由於女性本身就較敏感，受到冰毒循序漸進的刺激，時間長了便會逐漸在不知不覺間成癮。

曾世杰在警方面前開始賣慘表示，自己是因爲有勃起功能的障礙，擔心女人因爲這樣不喜歡自己，才會在朋友的驅使下使用這樣的東西。

他爲了爭取從輕量刑，承認自己也對趙予欣使用過。趙予欣是他開始接觸冰毒春藥的第一個實驗對象……而且實驗非常成功。

警方也因此問出趙予欣當天離開的眞相：她不是出去找工作，而是因爲身體奇怪的感覺讓她恐慌，她想要去看醫生解決，卻因爲精神狀態不佳，不幸發生車禍而去世。

但因爲是出車禍去世，沒有人想過她可能是因爲身體有問題，全案直接朝著車禍偵結。

聽到這裡趙予豪忍不住了，掛斷電話，他開始收行李，立刻就要趕到曾世杰被關押的那間警察局，他要殺了他！不管他會因此坐幾年的牢，就算要終身監禁他也要殺了他！

雖然他的表情一直都很冷靜，但收進行李的東西都是一些可以殺人的，球棒、水果刀，老人此刻不需讀取趙予豪的想法，也知道趙予豪現在想要幹嘛。

「小子，冷靜一點，你冷靜一點！這麼做於事無補啊！」

趙予豪完全不理會他，只是自己默默的一直收一直收。

這不大的舉動卻立刻引起了趙母的注意，「予豪，你要去哪裡嗎？爲什麼又開始收行李？」

本來就情緒激動、強制鎮定的趙予豪，看到母親以後眼眶又不自主的湧出一堆眼淚。

「予豪，你怎麼……」

「媽，予欣是被人害死的，她是被人害死的！」趙予豪衝上前抱著自己媽媽哭到崩潰了，而趙母則是在聽到他說的話以後徹底愣神，完全不敢相信自己剛剛聽到的。趙予豪也不給自己媽媽反應的時間，急吼吼的放開母親，轉身拿起背包，「我去殺了他，我現在就去殺了他替予欣報仇！」

趙母一直到兒子都已經快衝出大門才追上去，趙父正巧從外面回來，撞上了急著離開家裡的趙予豪，看到追在身後的趙母，一個直覺就讓他先攔住他，一家三口擠在門口互相拉扯。

一家三口在門口拉拉扯扯的結果就是——本來只有趙予豪，在趙予豪邊哭邊解釋後，趙家全家一起出動，去到現場圍毆曾世杰！

曾世杰被打得滿地亂爬，求旁邊的警察救他，但在場所有人都對此視而不見。

一個月後，趙予豪蹣跚來到放著趙予欣骨灰的靈骨塔，對著她的塔位重重磕頭，哭著和她說對不起。對不起，因為台灣的爛法律保護壞人，他沒辦法殺了曾世杰替她報仇，所以對不起。

他過了一段頹廢而不知今夕是何夕的日子，完全被愧疚給淹沒，連老頭是什麼時候消失的他也不知道，只覺得周圍似乎少了一個一直勸他的聲音，安靜了。

第四章

這期間他經常望著天空發呆，就這樣過了一天。其實不只有他，連趙父以及趙母也是如此。他們平時都還有自己的事情要做，但一到空閒的時間他們就會什麼事也做不了。

什麼事也做不了。

他想過要訴諸媒體，但想到那是這樣不堪的事，不想讓予欣都死了兩年還不能安寧，所以還是放棄了那個想法。只是除了那個辦法以外，還有什麼能夠讓曾世杰得到現世報呢？

……殺了他。

在曾世杰被關個幾年假釋出來的時候，他就找個機會去殺了他。像那些充滿恨意的人，把他拖到一個隱蔽的地方，虐死。他沒錢，所以只能自己動手，反正……

哼！他對著天空冷笑一聲，呼出一口氣。

日子一天一天的過，他們一家三口都過著看似正常，實則卻不太安穩的日子。

趙予豪的電話響著響著就自己掛了，響了幾天以後自動關機。

爲了怕母親擔心，她送進房間讓他吃的東西他還是會吃，父親要他沒事可以去叔叔的店幫忙端盤子，他也去了，結果他不是切到手就是燙傷，搞得自己全身都是傷口後，再也沒人

讓他出門，只需要好好待在家裡。

於是他就從早廢到晚，電話也不開機。

很快的，時間快轉到鄰近他畢業典禮的這天。趙母這天接到他碩班同學的電話，要問一些關於三天後畢業典禮的事情，但是趙予豪不想去。

他的四周散落著許多和趙予欣小時候的照片，接電話的時候顯得有些漫不經心。對方說什麼他都說好，要他帶什麼他也都說好。只有他自己知道其實他根本不會去。

「何文鴻跟我都一直打電話給你，但你手機關機。回他一下啦，不然他很擔心你耶。」

趙予豪垂頭，頭髮因爲一段時間沒有修整已經過長遮著眼睛，青綠色的鬍渣已經長出一點長度，他慢條斯理地摩娑著：「……喔。」

掛了電話，他又爬回去自己的窗邊躺好，看著那片藍天。

不知過了多久，忽然一陣短短的笑音於耳邊響起。那笑聲有點突兀，他有注意到，但身體還是不想動，所以始終沒有回頭看向聲音的來源。

那笑聲又更加清晰地傳過來，這次更過分的是，似乎還伴隨著一個女孩的食指，劃過他滿是鬍渣的下巴。

他從窗台邊彈起，自夢中驚醒過來！很快他就意識到他剛剛睡著了。

結果還來不及擦一下口水確認，轉頭就對上老頭的鬼臉。

「啊！」他大喊一聲，整個人都差點擠進窗框裡，「老頭？」

老人對他受到驚嚇的程度表示滿意。

「正是！你老大爺我回來了！」老人笑笑，緊接著發出嘖嘖的聲音，「唉呦喂，看看你小子這什麼樣子？幾天不見鬍子都要長到地上去了，還不刮啊？你這樣可怎麼見人喔！」

他瞥了老人一眼，聽是聽到了，但沒有回的慾望，「你不是走了嗎？我都陪你破了這麼多案子，該過完癮了吧。」

老人收起玩笑的態度，知道這小子現在是厭煩要趕人了。

趙予豪的目光不是看著天空就是聚焦在樓下的一個破舊小公園，小公園現在只有一個老人慢慢轉著健身器材，沒有溜滑梯，沒有盪鞦韆，什麼都沒有的小公園卻是他和趙予欣小時候的天堂。

他的意識又因爲四周的安靜逐漸朦朧，忽然他又聽到那陣熟悉的笑聲，一樣是幾乎貼在他耳邊一樣，但他這次很清楚的知道自己還沒睡著。

少女的食指朝著他下巴一點，他強撐起自己的眼皮看過去，但什麼也沒看到。

「緊張什麼？睡吧！夢裡什麼都有，你就安心的睡吧！老頭子我這就給你一個美夢，好圓你的心願。」

睡夢中的趙予豪感覺到笑聲忽遠忽近，可以確定對方是一個女孩，而且女孩正在笑他的鬍渣。

那笑聲無比熟悉。

「好好笑喔，好扯，喂趙予豪，你的鬍渣怎麼可以這麼多啊？你好邋遢喔！」

女孩嘲諷的聲音在耳畔響起，他皺著眉頭睜眼看過去，定格。

是幻覺嗎？他怎麼好像看到趙予欣了。

而那個讓他如此震驚的人，此刻就蹲在他身邊，有一下沒一下地摸著他的鬍渣，「喂哥，我記得你以前很愛乾淨的啊？我睡覺不刷牙你就罵我髒鬼，怎麼，你現在也不愛乾淨，不刮鬍子了嗎？不刮鬍子看起來多髒啊……」趙予欣皺著一張精緻的小臉蛋，用嫌棄的語氣對趙予豪說。

「……予欣？」他張口，緩緩地叫出那個他這段時間朝思暮想的名字。

趙予欣抬頭，給了趙予豪一個亮麗如陽光般的笑容，調皮地說：「嗯，是我啊，叫屁喔！」

趙予豪的眼淚湧出眼眶。

老頭看著睡夢中的趙予豪皺著一張臉哭得滿臉是淚，身體開始微微地顫抖、縮起，他也不忍地酸了眼眶。

唉，人為什麼要有七情六慾呢？每一種都讓人無法自拔，嘗過一口就痛苦不堪，那種萬惡的東西為什麼要有呢？

想著想著，老人坐在趙予豪身邊，輕輕拍著他的背安撫他。

夢裡的趙予欣看見他哭，平靜地微笑，伸出手來擁抱他。

其實她從來都沒有抱過自己的哥哥，也不知道原來他因為她的離開這麼痛苦。死了以後她就知道了所有的事，只是她也知道那是自己已經過去的故事，所以並不執著。看到自己最親愛的哥哥如此難過，她很不捨。

「予欣，對不起，我不能幫妳，我什麼也不能幫妳！」

趙予欣笑著歪頭，「你要幫我什麼？」

「我沒辦法幫你殺了他！那個王八蛋，他被司法保護。」趙予豪本來還只是鬆鬆地攬著趙予欣的背，越說越激動，整個把趙予欣壓進自己懷裡，「我殺不了他，不能幫妳報仇！對不起！」

她現在已經沒有肺了，被壓還是會下意識覺得自己喘不過氣，而且顯得姿態很扭曲，但她還是忍著，依舊拍著趙予豪的背，「沒事，我沒有想要殺了他。」

見趙予豪的情緒還是激動，趙予欣繼續說：「哥，你知道我現在過得有多好嗎？我是自由的，我去了這個世界的每個角落。你還記得以前我們在阿公離開的時候聊過，那些和尚說阿公是去旅行了，他不是死了，他是出去玩了，你還記得嗎？」

趙予豪抱著趙予欣的背，感覺自己哭得很喘，點點頭，「妳說是假的。」

「是真的！」趙予欣笑著從趙予豪的臂彎裡抬起頭，「我去環遊世界好幾圈，還想要去宇宙的各個角落玩，過得不知道有多開心。所以，你不要哭了好不好？」

趙予豪還是滿臉淚擦不完。

「如果你一生都想著要替我報仇，那你會過得不快樂的。哥哥，我希望你快樂。」趙予欣真誠地說。

「但是那個王八蛋不死，我一天就不會快樂！」趙予豪憤怒地大吼。

她知道這是一個無終點的圈，「哥哥對不起，我那時候還對你發脾氣。」

一聽到趙予欣跟自己道歉，剛剛趙予豪的那些怒火通通都滅了，態度也軟了下來。

「我不怪妳，那時候的妳被他騙了吸毒，妳也過得很痛苦。所以我一定要他付出代價！」

趙予欣的表情顯得很猶豫，「怎麼辦，我不知道這算不算是地獄的機密耶！」

趙予豪：？？

「什麼機密？」

「地獄輪迴的機密啊，你過來，我偷偷告訴你。」

趙予豪聽到她這麼說一臉古怪，但仍乖乖地把耳朵湊過去，顯然很想知道那個關於曾世杰的地獄輪迴祕密是什麼。

「那個曾世杰啊，他這輩子做這麼多壞事卻沒有被懲罰，所以下輩子就只是我的一條狗喔！」趙予欣放低了音量，很小聲地說：「而且我還會對他很壞，我會一直打他，最後他就被我打死了，還亂丟！」

趙予豪聽完笑了下，覺得很扯，但總算有點爽感，感覺到那混蛋要遭報應了，「這種人就是該被踹死，妳打得好！下輩子我還要報名當妳哥，妳打到沒力氣了換我打！」

趙予欣笑嘻嘻地點頭，「好啊！我下輩子也還想要你當我哥，還有我們的爸爸媽媽，我們下輩子再當一家人吧！」

趙予豪看著她，表情有些複雜，扯出一個比哭還醜的笑，「那妳有偷看到我們家的祕密嗎？」

「有啊，我偷看到……下輩子我們還是一家人，然後你跟我一起打那條曾世杰變的狗！」

趙予豪想了想那個畫面，噗哧一聲，兩兄妹一起笑出來。

趙予欣永遠都是那個最懂他的人，知道他怎麼解氣，知道他怎樣會笑。只是笑著笑著，趙予豪又哭了，而趙予欣的眼眶裡也閃爍著淚光。

兩人沉默對望著流眼淚，最後是趙予欣先動了，她強忍著情緒抱住趙予豪說道：「哥哥對不起。還有謝謝你……我知道你爲了我眞的做了很多，我都看到了，謝謝你，眞的很謝謝你。」

一種恨意被撕開又被溫柔清創，最後緩慢消毒塡藥的過程，兩人的情緒也終於達到一致。

「本來我不想哭的。」趙予欣哭得淚眼汪汪，聲音也徹底變成鼻音，「我知道你很難過，我本來眞的不想哭的，怕加深你的恨意讓你一輩子不快樂。但是我眞的對你爲我做的這一切好感動好感動。」

「是不是那個老頭跟妳說的？」

趙予欣趴在趙予豪背上點點頭，「老爺爺跟我說了好多你發生的事，我們家發生的事，還讓我好好跟你告別。」

那該死的老頭，原來這幾天跑不見就是爲了去幫他找趙予欣嗎？

他剛剛還很明顯地趕他走了，現在居然有點後悔。

「他還跟我說你畢業了。」趙予欣忽然離開趙予豪的肩膀說：「你還記得那時候你上了最想去的那間學校，當上碩士生的時候我跟你說過什麼嗎？」

趙予豪垂著頭，「妳說要來參加我的畢業典禮。」

這也是讓趙予豪最過不去的那一關，她曾經說好要上台送花給他。

「因爲我是C大考古研究所碩士班趙予豪的妹妹，那個趙予豪超強，還說要再上博士，當趙博士！」兩兄妹提到這個綽號又是一陣笑聲，「然後你還說要成爲一個考古學家，從國外紅到國內，當台灣之光。你還記得嗎？」

趙予豪點點頭。

「哥哥。」趙予欣認眞地抓住趙予豪的手說，「你說話要算話喔，卽使我在天上，我也會等著你哪一天跟我說你成爲台灣之光。約好了，這個如果你沒做到，下輩子遇到曾世杰那條狗我就不讓你踹他。」

趙予豪聽著聽著笑了出來，「太殘忍了吧？」

「你先答應我！」

見趙予欣做出打勾勾的小動作，趙予豪也伸出自己的手，重溫了這個他和妹妹約定的時刻。

「你既然幫了那個老爺爺完成心願，那你……願意也幫你妹完成一個心願嗎？」

趙予豪聽到這句話認眞起來，「當然願意！」

趙予欣滿足地笑起來，笑容再度盛滿陽光，「那你讓我在你的畢業典禮上，給你獻花吧！」

趙予豪看著她，「現在嗎？」

「白癡，當然是你畢業典禮那時候啊！」趙予欣目光認眞堅定的說：「怎麼樣？你剛剛都要爲我殺人了，現在應該不會拒絕我獻花吧？」

趙予豪的心裡想到獨自對著空氣接過花的畫面，那要多奇怪有多奇怪，但他居然完全不在意。

「好，一言爲定！」

忽然他用力地睜開眼睛，如即將在水裡溺斃般深吸口氣坐了起來，眼前的人忽然從女孩變成老人。

「老頭？」趙予豪瞪著眼睛，還有些分不清夢境還是現實，「我妹呢？」

老人配合的四下張望，「什麼妹？這裡就只有我啊！」

「別唬我了，剛剛我妹還在的啊！」

「老頭我可沒唬你，這個空間裡就只有我，但如果你還想找你可愛妹妹的話，需要去另外一個空間。」

趙予豪不明白，「什麼這個空間那個空間？你明明也是鬼，爲什麼你就可以出現在我面前，我妹不可以！」

老人皺了皺臉，開始裝傻，「什麼這裡可以那裡不可以，繞得我頭暈。你就當作老頭我鑽個空子，挖個地道讓你們相見，別的什麼你別問這麼多，省得到時候連地道都沒有，我看你要去哪裡哭！」

老人的話讓趙予豪一頓，都不敢繼續追究了，只能乾巴巴地閉起嘴。

「你們話講完了沒有？」老人打破沉默問。

「講完了。」想著想著他起身走到衣櫃，拉出那個空的大背包開始往裡面塡東西。

「那說什麼了？」

「她要去我的畢業典禮給我獻花。」

「那可眞是有心了。」老人捻捻鬍子，又看了看趙予豪的臉，「既然決定要出門，你鬍子也稍微刮一下吧，這慫樣，哪像個年輕人啊？」

趙予豪瞪他一眼，「要你管，鬍子就你可以留啊？」

說完趙予豪就轉身往浴室走去，留下老人一個在原地碎唸，「臭小子臭小子，也不想想是誰到那陰曹地府去把你妹撈出來跟你見面，就知道氣老子！」

當趙予豪再度出現在學校宿舍時，何文鴻氣沖沖地把人堵在門口，不讓他進來。

「老趙，你搞什麼，還知道回來啊？我打了幾通電話給你？爲什麼電話都關機啊！」

經過何文鴻這個提醒，他才終於想起自己的手機似乎到現在都還沒開機，就躺在他的包包裡。

「回家就是休假時間，不想講話不行啊。」趙予豪擠過何文鴻，成功踏進房內。

難得趙予豪看起來一副有氣無力的樣子，何文鴻問：「你這一個月到底幹嘛去了？怎麼回來之後這個德行？」

趙予豪看著何文鴻那精氣神十足的臉，又低頭看看他的腿，「你的腿呢？好點了嗎？」說完往櫃子上塞他的背包。

「好很多了啊，本來就是輕微骨裂，不嚴重。」

「喔。」

「你爸媽跟你來了嗎？住哪？」

「沒有，明天他們才會一大早從家裡出發。」

「我爸媽也是。」何文鴻說。

兩人又聊了起來，何文鴻就忘記自己兄弟電話一整個月不接這件事了。

隔天就是畢業典禮，想到趙予豪連彩排都沒來，何文鴻差點以爲他就不參加了，沒想到最後一天趙予豪居然突然出現。

夜晚幾個要好的同學約著要出去「最後的狂歡」，何文鴻也約了趙予豪，但趙予豪就賴在床上什麼也不做，所以去的只有何文鴻。

老人始終都跟趙予豪一起待在宿舍內，趙予豪還在發呆，他忽然想到什麼，轉頭看向老人：「喂老頭，那天是你讓我跟我妹見面的？」

「是又如何？」

「那你現在再讓我們見個面吧？我想跟她聊天。」

老人想也不想就拒絕了：「做不到。」

趙予豪氣得瞪大眼睛，嘴巴罵著小氣鬼變魔鬼之類的話，殊不知在一個趙予豪看不見的角度，趙予欣也正看著老人被罵的這一幕，而且摀著嘴竊笑。

老人看見趙予欣的笑容，硬板著臉用眼神溝通：「孩子啊，快點去躲好，要是被發現可就要魂飛魄散了。」

趙予欣不滿的扁嘴，「我想多跟我哥相處一下嘛！」

「明天有的是時間，現在妳先快點躲好去！」

雖然趙予欣聽話了，但仍然逗留在離趙予豪最近的躲藏地點。

昨天老人得知趙予欣騙趙予豪，自己死後去環遊世界過得很快樂，只求不讓家人擔心，也別爲她報仇，就讓他特別心疼這個女孩，於是他又耗了自己非常多的冥界紙幣疏通，才換來趙予欣可以再待幾天，直到事情圓滿之後離去。

想到這裡老人有些埋怨地望向趙予豪。付出了這麼多，臭小子卻完全不懂感恩的樣子，老人思考著，回頭就要趙予豪多給他燒些錢，不然他可虧大了！

隔天，C大校園一片喜氣洋洋，四周都充斥著愉快的笑聲。何文鴻一向都是滿臉笑容的樣子，即使他的腿受傷也完全不影響，走到哪都可以遇見熟人打招呼。

趙予豪安靜得多，他走在學校的椰林大道上，第一次希望自己可以眞正的看到鬼，而不是只能看見老頭。老頭知道他的想法，一臉不耐煩地瞪過去，更加確定自己一定要在事後跟趙予豪多要一點紙錢，一部分塡自己虧的錢，另一部分買他的心靈損失。

大禮堂此刻已經圍滿了人，趁著校長還沒來，所有人都聚在一起談話。何文鴻也去找班上的其他小夥伴了，只留下趙予豪一個人坐在位置上。

不一會兒趙予豪就看到自己爸媽從門口走進來，於是一個箭步往父母的方向走去。

三人相見，除了趙父眼睛沒有浮腫以外，趙予豪和他媽眼睛都是腫的。

兩人對看一眼，似乎都知道對方的眼睛為什麼會這樣，只有趙父一臉狀況外：「兒子啊，你怎麼也哭過？畢業會緊張嗎？」

趙予豪：……。

「還好。」說完他不想繼續跟父親談這個話題，帶著兩人走到家長席，「你們位子在這裡，我坐在那邊。」

他遙遙指著自己的椅子，老頭現在就坐在上面，還笑著朝他揮揮手。

趙予豪四下張望著，還在尋找趙予欣，但結果是一直到典禮開始都沒看到她的鬼影。

他一直很緊張，不知道趙予欣說的要給他獻花是什麼意思，就一直僵著身體等著。老人也知道他很緊張，於是讓他深呼吸別急，時間到了就會看見趙予欣。

他這次領了兩個獎，緊張得差點喘不過氣。

最後唱名的時候要讓他上台領畢業證書，他的心跳居然越來越快，看著後面還有陸續被唱名接在他後頭的人，他緊張得全身冒汗。

校長又出現了，一個一個給這屆碩士畢業生頒發畢業證書，他接過畢業證書，看著前方的燈投影發呆。

這已經是最後一個環節了，趙予豪開始懷疑自己是不是被趙予欣騙了，她其實今天根本不能出現。

舞台的光太過強烈了，他看得眼睛有點酸澀，輕輕地又眨了一下眼，下一刻，距離他面前兩公尺的舞台邊緣忽然出現趙予欣的身影，他愣在原地。

趙予欣捧著一大束太陽花，緩緩朝他走來。

周圍的聲音停了下來，吵鬧不見了，最後連站在他身旁的人也通通都消失。趙予欣的笑容還是那麼燦爛溫暖，她來到他面前並將太陽花交到他手中。

「哥哥，恭喜你畢業。」接著她伸手抱住他，語帶哽咽地說：「你不要忘記我們的約定，一定要成爲一個很厲害的人喔！」

趙予豪扯出一抹笑容，應好的聲音還有一半卡在喉嚨，因爲趙予欣才剛剛走向他，獻完花以後又一步一步的後退。

「哥哥，我們該說再見了。」

趙予豪的腳黏在地上動不了，眼淚湧出眼眶。他不願意。

「下輩子我們再當兄妹，一起揍曾世杰吧。」

「……予欣！」不要走。

他看著趙予欣笑著走到一個奇怪的光圈前面，腳終於能動的時候他急著跑向她，但一直追不上。

他跑得很累了，氣喘吁吁，但光圈還是離他好遠好遠；他拚盡全力也追不上她，只能用盡力氣朝她喊著，「趙予欣，妳下輩子一定還要當我妹妹，如果沒看到妳，我死了一定不放過妳！」

「好。」

他聽見空氣中傳來她的回應，最後只能看著她朝他揮手，身體走進光裡。

然後他又驚醒了過來！

趙母看著兒子醒來滿是激動，「予豪啊，你好一點了嗎？剛剛是不是沒吃早餐，不然怎麼暈倒了呢？」

「我剛剛看他的感覺就怪怪的，原來是餓到沒力氣了！」趙父說，「我下樓去幫忙買點什麼吧？老婆，妳要不要也吃點？」

「我不用，買一些水果就好了。」

趙父離開以後趙予豪看著趙母問，「媽，這裡是哪裡？」

「你們學校的醫務室。剛剛你在拿畢業證書的時候暈倒了，護士小姐說你可能是因為舞台燈光太強眩暈，休息一下，如果還有不舒服媽帶你去醫院掛號。」

「不用了。」趙予豪搖搖頭，沉默片刻後，他看著母親透著疲勞的雙眼說，「媽，我要跟妳說個祕密。」

「你說。」

「予欣來參加我的畢業典禮，剛剛還獻花給我了。」趙予豪微微一笑。

趙母一開始有些震驚，後來居然沒有喊著說趙予豪瘋了，而是跟著笑了起來：「是嗎？」

趙予豪點點頭，母子兩人沉默半晌，趙母又繼續說：「她前天入我的夢裡了。」

「嗯？」

「她有跟我說要來參加你的畢業典禮，原來是眞的。」

趙予豪看著母親臉上掛著淡淡的微笑，臉上有些皺紋了，這些天沒少爲了予欣的事睡不著覺，但此刻兩人的臉上都有釋然的微笑。

「她帶了這麼大一束太陽花給我，多好笑，都快看不到她了。」趙予豪誇張地比劃著，趙母立刻就被逗笑了。

「眞可惜啊，我沒看到。」趙母笑得眼角有淚。

「她說她還會再來的，媽，她有跟我講，說以後她想到妳就會來看妳的。」趙予豪想了想又說，「她還說她偷看了地獄的生死簿，她說我們下輩子還會是一家人。」

這句話觸到了趙母的痛點，她抓著趙予豪的手，把臉埋進他的手掌，悄悄地哭了起來。趙予豪看著母親如此，眼眶泛紅，也跟著哭了。

趙父回來的時候看到的就是這一幕，他默默地將東西放到一旁櫃子上，屁股一半坐到床邊，什麼也沒說，心疼的抱住自己老婆兒子。明明什麼也不知道，但趙父還是選擇跟他們一起承擔。

這個畢業典禮結束了，何文鴻帶著趙予豪所有台上該領的東西，一起到醫務室去給他，寒暄幾句後也跟著自己的父母一起離開。

趙予豪還要準備博士班的東西，後來整個假期都忙著寫一堆申請資料。

他既然答應了趙予欣要成爲一個很厲害的人，那就一定不能讓她失望。

老頭不知道什麼時候開始又消失了，但趙予豪不急著找，因爲老頭說過，人的緣分很奇妙，該相遇該離開都有定數，凡人不需要窺探定數，所以如果哪天他也離開，讓趙予豪不要找他。

趙予豪謹記著這樣的約定，所以老人什麼時候離開，什麼時候回來，他從不過問。

新的學期開始了，他感覺自己又有新的挑戰要學習。

當他打開宿舍房門，看見老人端坐在他書桌前的那一刻，趙予豪不小心笑了出來。

「老頭，你還眞是陰魂不散哪！」趙予豪看宿舍裡面還沒有人，關上門後講話也肆無忌憚了起來。

「你小子，態度又開始囂張啦？準備好了沒有？新案子都出來多久了，你現在才來！」

「還來？」雖然趙予豪嘴上這麼問，但心裡已經一點都不反感了，反而還有些期待。

「來啊怎麼不來！」

「來就來啊！」

兩人又是一陣唇槍舌戰。

這個進入博士班的第一個夏天，看來才正要開始呢。

【完】

國家圖書館出版品預行編目資料

我與幽靈老頭的偵探遊戲／陳千路著．--初版．--臺中市：白象文化事業有限公司，2023．10
面；　公分
ISBN 978-626-364-113-6（平裝）

863．57　　112013290

我與幽靈老頭的偵探遊戲

作　　者　陳千路
校　　對　陳千路
封面插畫　Euwei音薇
發 行 人　張輝潭
出版發行　白象文化事業有限公司
412台中市大里區科技路1號8樓之2（台中軟體園區）
出版專線：（04）2496-5995　傳真：（04）2496-9901
401台中市東區和平街228巷44號（經銷部）
購書專線：（04）2220-8589　傳真：（04）2220-8505
專案主編　林榮威
出版編印　林榮威、陳逸儒、黃麗穎、水邊、陳媁婷、李婕
設計創意　張禮南、何佳諠
經紀企劃　張輝潭、徐錦淳
經銷推廣　李莉吟、莊博亞、劉育姍、林政泓
行銷宣傳　黃姿虹、沈若瑜
營運管理　林金郎、曾千熏
印　　刷　百通科技股份有限公司
初版一刷　2023 年 10 月
定　　價　200 元